幻影女郎

康奈尔·伍里奇黑色悬疑小说系列

[美]康奈尔·伍里奇 著

李晓琳 译

上海文艺出版社
Shanghai Literature & Art Publishing House
上海故事会文化传媒有限公司

康奈尔·伍里奇黑色悬疑小说系列（全18种）

编委会

总策划 夏一鸣

主　编 黄禄善

副主编 高　健

编辑成员（按姓氏拼音为序）

蔡美凤　高　健　洪圣兰　胡　捷

黄禄善　唐　祯　吴　艳　夏一鸣　朱崟滢

序　言

　　你见过妻子为丈夫的情妇洗冤吗？见过杀手恋上自己的谋杀目标吗？还有弃妇嫁给死人、员工携带老板爱妻逃亡、富豪邮购致命新娘，等等。所有这些令人心颤的诡谲事件，或者说，诞生在西方资本主义世界的怪胎，都来自康奈尔·伍里奇（Cornell Woolrich, 1903—1968）的黑色悬疑小说。黑色悬疑小说，又称心理惊险小说，是西方犯罪小说的一个分支。它成形于20世纪40年代，在50年代和60年代最为流行。同硬派私人侦探小说一样，这类小说也有犯罪，有调查，然而它关注的重点不是侦破疑案和惩治罪犯，而是剖析案情的扑朔迷离背景和犯罪心理状态。作品的叙事角度也不是依据侦探，而是依据与某个神秘事件有关的当事人或案犯本身。伴随着男女主角因人性缺陷或病态驱使，陷入越来越可怕的犯罪境地，故事情节的神秘和悬疑也越来越强，从而激起了读者的极大兴趣。

　　康奈尔·伍里奇被公认是西方黑色悬疑小说的鼻祖。他出生于美国纽约，幼年即遭遇父母离异的不幸。在前往父亲工作的墨西哥生活了一段时期之后，他回到了出生地，同母亲相依为命。1921年，他进入了哥伦比亚大学，但不多时，即对平淡的学习生活感到厌倦，并于一场大病之后退学，开始了向往已久的职业创作生涯。1926年，他出版了长篇处女作《服务费》，接下来又以极快的速度出版了《曼哈顿恋歌》等五部长篇小说。这些小说均被誉为"爵士时代小说"的杰作，尤其是《里兹的孩子》，为他赢得了《大学幽默》杂志举办的原创作品大奖，并得以受邀来到好莱坞，将小说改编成电影剧本。1930年，"事业蒸蒸日上"的康奈尔·伍里奇与电影制片商的女儿结婚，但这段婚姻只维持了几个星期便因他本人的恋母情结和同性恋倾向而告终。此后，康奈尔·伍里奇一度意志消沉，创作也连连受挫。一怒之下，他销毁了全部严肃小说手稿，转向通俗小说创作。1940年，他的第一部黑色悬疑小说《黑衣新娘》问世，顿时引起轰动，他由此被称为"20世纪的爱伦·坡"和"犯罪文学界的卡夫卡"。紧接着，他又以自己的本名和笔名陆续出版了17部国际畅销书，其中的《黑色帷帘》《黑色罪证》《黑夜天使》《黑色恐惧之路》《黑色幽会》同《黑衣新娘》一道，构成了著名的"黑色六部曲"。其余的《幻影女郎》《黎明死亡线》《华尔兹终曲》《我嫁给了一个死人》，等等，也承继了同样的黑色悬疑风格，颇受好评。与此同时，他也在《黑色面具》等十几家通俗杂志刊发了大量的中、短篇黑色悬疑小说。这些小说同样受欢迎，被反复结集出版。然而，巨额稿费收入并没有给他带来精神愉悦。他依旧"像一只倒扣在玻璃瓶中的可怜小昆虫"，徒劳挣扎，郁郁寡欢。自50年代起，因酗酒过度，加之母亲逝世的沉重打击，康奈尔·伍里奇的健康急剧恶化，他的一条腿因感染未及时医治而被截除。1968年，康奈尔·伍里奇在孤独中逝世，死前倾其所有财产，以母亲名义为母校哥伦比亚大学设立了一项教育基金。

康奈尔·伍里奇的黑色悬疑小说引起了众多作家的模仿。最先获得成功的是吉姆·汤普森（Jim Thompson, 1906—1977）。他的《我心中的杀手》等小说以破案解谜为线索，表现罪犯的犯罪心理，从多个层面反映小人物的重压。稍后，霍勒斯·麦考伊（Horace McCoy, 1897—1955）和戴维·古迪斯（David Goodis, 1917—1967）又以一系列具有类似特征的作品赢得了人们的瞩目。20世纪50年代至60年代，黑色悬疑小说层出不穷，代表作家有查尔斯·威廉姆斯（Charles Williams, 1909—1975）、哈里·惠廷顿（Harry Whittington, 1915—1989），等等。同康奈尔·伍里奇和吉姆·汤普森一样，这些作家注重塑造处在社会底层、具有人性弱点或生理缺陷的反英雄，但各自有着独特的创作手法和成就。

康奈尔·伍里奇的黑色悬疑小说还引发了战后西方黑色电影浪潮。自1937年起，依据康奈尔·伍里奇的长、中、短篇黑色悬疑小说改编的电影即频频出现在美国各大影院，并进一步成为好莱坞电影制作的主要来源，尤其是1954年，阿尔弗雷德·希区柯克(Alfred Hitchcock, 1899—1980)执导的电影《后窗》赢得了爱伦·坡奖，将这种改编推向了高潮。据不完全统计，20世纪40年代至60年代，共有35部康奈尔·伍里奇的作品被改编成电影，其数目远远超过达希尔·哈米特(Dashiell Hammett, 1894—1961)和雷蒙德·钱德勒(Raymond Chandler, 1888—1959)。不久，这股康奈尔·伍里奇作品改编热又延伸到了南美、德国、意大利、土耳其、日本、印度，尤其是《黑衣新娘》和《华尔兹终曲》，在法国持续引起轰动。80年代和90年代，康奈尔·伍里奇作品又被西方各大媒体争先恐后改编成电视连续剧、广播剧。与此同时，新一波电影改编热又悄然兴起。直至2001年，美国著名影视剧作家迈克尔·克里斯托弗(Michael Cristofer, 1954—)还将《华尔兹终曲》改编成了电影《原罪》，广受好评。2012年，《后窗》又被改编成百老汇音乐剧。2015年至2019年，作为好莱坞经典保留剧目，电影《后窗》再次在美国各大影院上映，引起轰动。

  这套丛书汇集了康奈尔·伍里奇的18部黑色悬疑小说，包括16部长篇和2部中短篇，是迄今国内译介康奈尔·伍里奇的品种最齐全、内容最丰富的一个系列。这些小说既有爱伦·坡和卡夫卡的印记，又有硬汉派侦探小说的风格，但最大特色是制造了紧张的恐怖悬念。作品大多数以美国经济萧条时期的大都市为背景，着力表现人性的阴暗面和人生的残忍、污秽、挫败以及虚无。譬如《黑衣新娘》，描述一个神秘女子伪装成不同的身份和外表对多个男性疯狂复仇，起因是多年前那些人枪杀了她的丈夫，从那时起，她就誓言血债血偿，其手段之残忍，令人咋舌。而《黑色幽会》则描述一个男子的未婚妻被五名男子的空中抛物致死，其心灵被疯狂滋长的复仇欲望所扭曲，并渐至迷失本性。在难以言状的病态心理驱使下，他将这五名男子最心爱的女人一个个杀死。与此同时，他也成为可悲的社会牺牲品。

同这类以罪犯为男女主角的小说相映衬的是另一类以受到陷害、孤立无援的无辜者为男女主角的作品。《黑色帷帘》和《幻影女郎》堪称这方面的代表作。在《黑色帷帘》中，男主角脑部遭受重击丧失记忆力，过去的生活片段如梦魇般在内心煎熬。他渐渐回忆起自己曾被人陷害，是一起谋杀案的疑犯。而要洗清嫌疑，他必须恢复记忆。伴随着支离破碎的回忆，他极度害怕自己就是真凶。无独有偶，《幻影女郎》中的男主角与妻子吵架负气出门，在与陌生女郎约会之后，发现妻子被杀，自己则被控告行凶，判处死刑。本可以证明他清白的神秘女郎，却仿佛人间蒸发一般，而那晚所有见过他的人，都不记得他曾与女郎在一起。随着行刑日期接近，所有寻找女郎的努力都以失败告终。即便他本人也开始怀疑，是否真有这样一位女郎存在。

为了增加作品的悬疑，特别是中、短篇小说中的悬疑，康奈尔·伍里奇也会仿效一些传统侦探小说的写法，描述一些出人意料的谋杀奇案。如《死亡预演》描写身穿宫廷裙服的女演员突然被烧死，警方必须弄清楚罪犯（伴舞者中的一个）如何在一大群伴舞者中放火杀人。而《自动售货机谋杀案》要解决的则是罪犯如何利用自动售货机毒杀三明治购买者。除了一些常见的布局手法，暗示超自然力量的存在也是康奈尔·伍里奇解释某些罪案发生的方法之一。《眼镜蛇之吻》述说一个离奇的印第安妇女能将毒蛇的毒液转移至其他物品。《疯狂灰色调》描述一个坚持要解读出"乌顿"（一种巫术）秘密的乐师。《向我轻语死亡》则以一个先知谶语来展开叙述。面对通灵师预言女孩的叔叔将在两天后被雄狮咬死，警察该如何阻止这场事先张扬且没有罪犯的命案？被预言逼得精神失常的叔叔又该如何保护自己？所有人是否能在死亡期限之前揭开阴谋面纱？诸如此类的谜底，将在"康奈尔·伍里奇黑色悬疑小说系列"中一一找到答案。

黄禄善

Contents

处决前第一百五十天 /1

处决前第一百五十天 /19

处决前第一百四十九天 /32

处决前第一百四十九天 /46

处决前第九十一天 /65

处决前第九十天 /74

处决前第八十七天 /75

处决前第二十一天 /77

处决前第十八天 /85

处决前第十七、十六天 /97

处决前第十五天 /104

处决前第十四、十三、十二天 /109
处决前第十一天 /132
处决前第十天 /146
处决前第九天 /175
处决前第八天 /202
处决前第七天 /203
处决前第六天 /204
处决前第五天 /210
处决前第三天 /227
处决当天 /233
处决那一刻 /242
处决后第一天 /256

处决前第一百五十天

下午六点

  夜色尚早，他也年轻；夜色醉人，他却心烦意躁。你可以从几英尺之外感受到这种情绪，他的苦闷溢于言表，这是一种持久的愤怒，压抑但是怒火中烧，有时可持续几个小时。此种心情也让人羞愧，因为它和周围一切都不和谐，与整个氛围唱反调。

  这是一个五月的夜晚，正值约会时候。小镇里一半的人，不到三十岁，把头发梳到脑后，皮夹里塞满钞票，愉快悠闲地走去赴约。而另外一半人，也不到三十岁，脸上涂好脂粉，穿上漂亮的衣服，满心欢喜地去赴同一个约。你在任何一个地方，都能看到小镇的两半人在约会。每一个角落，每一家餐厅和酒吧，药店的外面，酒店大厅的里面，珠宝店的大钟下，但凡没被别人占掉的地方都没被放过。同样的老套情节不停地发生，像山一样老，却一直保持新鲜。"我到了，等久了吗？""你很好看，我们去哪儿？"

就是类似这样的夜晚，天空在西边呈现一抹胭脂红，好像也打扮得花枝招展去约会，还用几个星星做钻石别针拎起晚礼服。霓虹灯开始在狭长的街道上眨着眼睛，与路人调情，就像今晚的其他人一样。出租车喇叭嘀嗒而鸣，每个人都有目的地。空气不仅仅是空气，而是气泡香槟，外加一点科蒂香水的味道，一不留神就会钻到你的脑袋里，或者也许是你的心里。

他走着，带着与整个氛围不一致的愤怒表情，人们瞥向他，纳闷他在生什么气。不会是健康问题，像他这样走路的人，一定非常健康；也不会是处境问题，他的衣服有着低调的奢华，是仿品不可能有的质感；也不会是年龄问题，如果他可以击败别人三十次，那也是按月，而不是按年计算的。要不是那么愁容满面，他长得还算俊朗，从五官其他部分看得出来。

他一脸惆怅地大步行走，嘴巴向下弯成椭圆形，仿佛鼻子下钉了马蹄。外套在臂弯里随着步子上下摇晃，帽子戴在脑袋很后面的位置，有一个莫名的凹痕，好像是用力戴上后就没再调整过了。鞋子没在人行道上磨出火花来，大概唯一的原因就是它们是橡胶后跟的。

他本来没打算去这个地方，你从他走到对面突然止住的脚步就能看出来。没有别的词可以形容他是怎么停下的，仿佛腿上的支架被锁住了，动弹不得。假如闪烁的霓虹灯在他路过的一刻没闪，他或许就不会留意到这个地方了，上面是天竺葵红色的"安塞尔莫"几个字，把整个人行道都染红了，就像有人洒了一瓶番茄酱。

他转身，很明显是一时兴起，走了进去。这是一间狭长、天花板很低的屋子，比街面低了三四个台阶，既不大，也不拥挤。琥珀色的灯光柔和，向上照射，一点也不刺眼。顺着两面墙壁，桌子嵌在一排相同的小凹槽上。他径直走到后墙入口对面的半圆形吧台前，也没有抬头看，甚至不知道有没有人，就把外套扔到一个高椅上，脱下帽子，在旁边椅子上坐下。他的态度明确告诉别人他今晚就在这儿了。

一件模糊的白夹克刚好出现在他低垂的视线里，一个声音响起来："晚上好，先生。"

"一杯苏格兰威士忌，"他说，"还有一点水，别问我一点是多少。"

结果水没喝，酒杯空了。

他一定是在坐下的一瞬间，下意识地瞥到右边有一碗蝴蝶脆饼或者什么零食，所以看也没看就伸手过去，手落下来，碰到的不是弯曲的、烘烤形状的东西，而是又直又滑的物体，还动了一下。

他扭头，把手从阻碍物上移开。"不好意思，"他咕哝道，"你先来。"

他回过头继续自己的事情,然后又转过去看。从那之后他就一直盯着她,尽管还是一副忧郁惆怅的神情。

她身上最不寻常的就是头上的帽子,像极了南瓜,无论是形状、尺寸还是颜色。那是一种异常鲜艳的橘色,几乎耀眼,似乎照亮了整个酒吧,仿佛一个挂得很低的花园派对灯笼。在帽子正中央有一片细长的小公鸡羽毛,直立地插着,如同昆虫的触角。一千个女人中间也不见得有一个敢尝试这个颜色,而她不仅敢于尝试,还成功驾驭了,看起来令人吃惊。她戴上这帽子不显滑稽,还平添了几分气质。她身上的其他部分就很柔和了,低调的黑色和帽子相比让人几乎注意不到。也许对她来说帽子是某种释放的象征,与之匹配的心情是:"当我戴上它,你们就要小心一点,我可不好惹。"

这时,她正轻咬着一片蝴蝶饼,努力装作未察觉他的注视。她停下咀嚼,正说明她已意识到他离开椅子,走到自己旁边了。

她微微斜过脑袋,一副聆听模样,仿佛在说:"如果你说话,我不会阻止,但我会不会回应,取决于你讲的内容。"

他直截了当地说:"你在做什么事情吗?"

"在做,也没有在做。"她的回答有礼貌,却没有表现出兴趣,她没有笑,也没有任何乐于倾听的态度。这个女人举止优雅,无论怎样,绝非俗人。

他的言行中也没有调情的痕迹,继续冷淡利落地说:"如果你有约,就告诉我,我不会打扰你。"

"你没有打扰我——到目前为止。"她把话说得很明白:我有待观察后再做决定。

他的眼睛停在他们面前吧台上方的钟表上。"看,现在六点十分了。"

她也望着表,淡淡地同意道:"是的。"

与此同时,他拿出钱包,从夹层里抽出一个长方形的小信封,从中拿出两张鲑鱼色的硬纸片,分开来。"我有两张卡西诺剧院演出的票,座位非常好,双A排,靠过道。介意和我一起去吗?"

"你很唐突。"她的目光从票子转到他脸上。

"我不得不唐突。"他依然愁容不展,甚至没有看她,而是怨恨地盯着票子,"如果你先和别人约好了,请告诉我,我会找别人跟我去。"

她眼神中闪现出一丝兴趣:"这两张票无论如何都要用掉?"

"这是原则问题。"他阴着脸回答。

"你会被误以为有不良企图,也就是说,搭讪,"她说道,"但我认为不是,因为你很直接,没有花言巧语,所以应该没有别的意图,只是你的原则问题了。"

"是没有。"他的表情依然冰冷如初。

她现在已经稍稍朝他转了身,以评论的方式接受了邀请:"我本来就想看类似的表演，不妨现在就去，可能很长时间内不会再有机会了，至少在现实中是没有了。"

他扶她下来。"我们可以在开始前立个游戏规则吗？这会让演出结束后的一切变得容易很多。"

"取决于什么规则了。"

"我们只是今晚的朋友，两个人一起吃晚饭，一起看演出，不留姓名和地址，也不询问不相关的私人信息和细节，只是——"

她补充道："两个人一起看演出，一晚的朋友，我觉得这非常合理，事实上也很必要，解释得通，所以我们就遵守规则吧。这样可以避免一些不自然，可能的话甚至会免除一两个谎言。"她伸出手来，两人握手达成共识。她第一次笑了，笑容很可人，但含蓄，并不媚人。

他招手示意酒吧服务生，想为两人买单。

"你来之前我已经付过我那杯了，"她告诉他，"只是顺便付过了。"

服务生从夹克口袋里掏出一块小纸板，在第一页写上"一杯苏格兰威士忌：60"后，将纸撕下来给他。

他留意到它们是有编号的，并看到服务生在上角画了一个大大的、突出的黑色"13"。他挤出一丝笑容，把足够的钱和单子一起递过去，转身随她出去。

她在他前面，朝出口方向走去，经过靠墙隔间的时候，一个和同伴坐在一起的女孩轻轻探出身来看那顶鲜艳的帽子。他跟在后面，刚好捕捉到这一幕。

在酒吧外，她转过来，探询地说："接下来就交给你了。"

他伸手叫等在几辆车开外的出租车，另一辆刚好开过的车想要抢生意，但没成功，因为第一辆率先到达地点，糟糕的是挡泥板被轻微刮伤了，两人争执起来。等他们吵完，第一位司机刚刚平静下来，就发现自己想拉的乘客已经坐在车里了。

他站在司机座位旁边，说明目的地："白楼。"然后坐了进去。

灯还亮着，他们都没有关，也许因为关上灯气氛就太暧昧了，在这样的场合不太合适。

不久他听到她高兴地笑了起来。顺着她的眼神看去，他也应和地笑了。出租车司机的证件照很少能成为好看肖像照的范例，但这一个太像动漫人物。他有着长长的耳朵，向后缩的下巴，凸出的眼睛。上面的名字简短得令人难忘，并且押头韵："阿尔·阿尔普。"

他记住了，又没太在意。

白楼是一间亲密类型的餐厅，以美味的食物闻名，即使在最繁忙的时间，也能保证安静的用餐环境，里面不允许放音乐，也不能有任何使人分神的东西，这样顾客可以一心一意地享受时光。

在大厅她跟他分开。"你不介意我离开一会儿，去补下妆吧？你进去坐下，不要等我，我会找到你的。"

她打开化妆室门进去时，他看到她把双手举到帽子上，好像要摘下来，但门在她完成动作前就关上了。他突然意识到，暂时抹煞威风可能是整套策略的真正出发点；她离开正是要摘掉帽子，为了能够在他之后单独进餐厅，少引起一些注意。

一位餐厅领班在入口处招呼他："先生，一位吗？"

"不，我预订了两个人的位子。"然后他给出姓名，"斯科特·亨德森。"

领班在名单中找到姓名。"好的。"他往客人肩后看了看，"您是一个人吗，亨德森先生？"

"不是。"亨德森不置可否地答道。

眼前只有一张空桌子，在隐蔽的位置，嵌在墙上一个凹口处，只能看到桌上客人的正面，另外三面都被遮起来。

她不久后出现在餐厅入口处，已摘掉帽子，他很吃惊这顶帽子对她作用那么大。现在她整个人都平淡了下来，她的光芒消失，外貌特征沉闷无亮点。她仅是一个穿着黑衣服的女人，有着深棕色的头发；好像一个挡住背景的影子，仅此而已。她不丑，不美，不高，不矮，不时尚，也不土气，什么都算不上，只是普通、没有色彩，只是随处可见的女性之一，一个小人物，一个组合体，盖洛普民意测验的一分子。

没有人回头多看一秒钟，或者被所见物持续的印象迷住。

餐厅领班正在忙着调拌沙拉，没有工夫招呼她。亨德森站起来向她示意位置，注意到她并没有径直走向座位，而是悄悄地绕着两边走，这条路最远，也最不起眼。

她把拿在手臂上的帽子放在他们桌的第三把椅子上，一半用桌布边盖上，可能怕弄脏。

"你常来这里吗？"她问。

他毫不掩饰地当作没有听到。

"对不起，"她很理解，"这个问题触及私人信息。"

他们的餐桌服务生下巴有颗痣，他没法忽视。

他没有征求她的建议就点好菜，她认真地听着，结束后给了他一个赞赏的眼神。

吃力的交谈才刚刚开始，她对选择话题有严格的限制，还要跟他沉闷的心情做斗争。他很男人地把大部分努力留给她，自己也不尝试努力对付了。虽然他表现出一副聆听的样子，思绪却大部分时间都在别处，只有心不在焉明显到要公然失礼的地步时，他才拼命回过神来，痛苦得好像在猛拽自己的身体。

"你不要摘掉手套吗？"对话中他问。它们是黑色的，和她身上的其他部位一样，除了帽子。喝鸡尾酒或者原浆时戴着手套并不奇怪，但在她想用叉子挤一片柠檬的时候，就显得不方便了。

她立刻把右边一只脱下来，左边一只花了更长时间，好像不愿意脱，最后，带着些许抗拒，她把两只手套都摘了下来。

他刻意地不去看那枚结婚戒指，眼睛望向别处，尽管知道她留意到了。

她擅长聊天，这不奇怪，头脑也很灵活，能够避免平淡、老套、乏味的话题；天气、报纸头条、正在吃的食物她都津津乐道。

"我们今晚要看的剧中这位疯狂的南美人，这个门多萨，当我一年多前第一次见到她时，她几乎没什么口音，但现在每次在这里受邀参演，她的英语都仿佛变得更糟了，口音比以前还要重，再过一季，她就该回来操着一口西班牙语演出了。"

他微微一笑，可以看出她是受过教育的，只有文化人才能成功应对今晚她面临的事，而不会以任何方式搞得一团糟。她能够平衡处理礼貌和鲁莽。又回到这一点上，如果她没有拿捏得这么恰当，在某些方面有所偏差的话，就会让人印象更深，感觉更真实；如果她没有这么有教养，就会有新贵的活泼痛快和大胆不羁；如果她更有教养一些，会引人注目——而且因此让人难忘。类似这样，就分成两个极端，她比这两个都好不到哪里去。

临近用餐结束，他发现她在观察自己的领带，纳闷地低头看。"颜色选错了吗？"他问道。这是条纯色没有花纹的领带。

"不，它本身很好，"她连忙给予肯定，"只是，不太搭配——和你身上的其他东西不搭——很抱歉，我不是有意挑刺。"她最后说。

他又一次低头看，带着一种镇定的好奇，就好像现在才意识到自己戴了哪条领带，而且很吃惊。他把手帕边塞到口袋里，来减少她所说的色调冲突。

他为两人点上烟，一起喝了一会儿白兰地，就离开了。

只有到了大厅——在大厅一面全身镜前——她才又戴上帽子。那一刻她立马复活了，又变成一个自带光环的大人物了。"帽子对她的作用，"他心想，"太大了，就像为玻璃枝形吊灯打开了电流。"

出租车驶过来，足足有六尺四寸的魁梧剧场门卫为他们开车门。她的帽子差点扫到门卫的眼睛，他滑稽地一缩。门卫有着白色海象牙般的八字胡，几乎像《纽约客》杂志里剧场门卫的素描画。当帽子女主人下车经过时，他鼓起的眼睛随着帽子从右到左移动。亨德森留意到这出搞笑的眼睛穿插剧，但过了一会儿工夫就忘记了。如果一切真的忘了会怎样呢？

空无一人的剧场大厅最好地说明了他们实际迟到了多久，就连门口的检票员现在都已经离开岗位了。舞台灯光前一个不知名的轮廓，可能是引座员，让他们进门，用手电筒照了照票子，带他们穿过过道，顺着手背上椭圆的灯光一直往前走。

他们的座位在第一排，离橘色的舞台太近了，一开始还看不清，直到眼睛慢慢适应了这缩短的视角。

他们坐下来耐心地欣赏这部时事讽刺剧的蒙太奇手法，利用电影叠化画面的累加效果，把一幕融合到另一幕中。她偶尔会笑起来，甚至时不时哈哈大笑，大部分时候他会勉强地笑一下，好像履行一种义务。声音、色彩、眩目的打光把剧推入高潮，幕布缓缓合上，上半场结束。

室内灯光点亮，人们站起来向外走，周围一阵骚动。

"需要吸烟吗？"他问。

"就待在原地吧，我们没有其他人坐得那么久。"她拉紧脖子后面的外套领子。剧场里很不透气，这样做的目的，他猜想，应该是尽量不让别人看见她。

"有看到你认识的名字吗？"过了会儿她笑着小声问。

他低着头，手指快速折着节目册每一页的右上角，一页页地折，从前到后。它们都卷起来了，往后翻成干净的三角形，叠在一起。"我一直这么做，一个烦躁时的习惯，保持了好多年。我猜你会觉得，这和乱涂乱画一个性质。我也意识不到自己这么做。"

舞台下面升降机启动了，乐队开始为下半场归位。鼓手离他们最近，只隔了隔离围栏。他长得像啮齿动物，看起来仿佛十年没见过天日了，皮肤紧贴着颧骨，头发又扁又亮，好像一顶湿浴帽，有一条白色接缝把它一分为二。他的八字胡又细又短，就像从鼻子里出来的烟熏污渍似的。

他一开始没有向外看观众，而是忙着调整椅子和上紧乐器上的零件。固定好后，他无聊地转过头，立刻注意到她和帽子。

这顶帽子仿佛施了咒语，他毫无生气、缺乏才智的脸陷入了一种几乎催眠的魔力，嘴巴甚至微微张开，像鱼一样，保持这样的状态。他时不时想要停止盯着她看，她占据了他的思想，他没法把眼睛移开太长时间，它们每次都会自动跑回去。

亨德森以一种超然、古怪的好奇心，把这些看在眼里。最后，她被盯得非常不舒服，狠狠地瞪了他一眼，鼓手才立刻停下来，转回自己的乐器架，再也没回头。但你可以通过他故意、僵硬扭脖子的方式判断，即使脑袋是朝另一个方向的，他也仍旧在想她。

"我好像给人留下深刻印象了。"她低声咯咯地笑。

"优秀的舞台鼓手今晚扫兴了。"他赞同道。

现在他们和鼓手之间的空隙又一次被挡住了，室内灯光熄灭，脚步声越来越大，第二幕的前奏曲奏响。他心神不宁地继续为卷了边的节目册上角折页。

第二幕中间有一处渐强的高潮，美国剧院管弦乐团放下乐器，取而代之的是一种异国风情的手鼓重击声和葫芦的嘎吱声。这场剧的主角，埃丝特拉·门多萨，南美轰动一时的演员，出场了。

他还没来得及看，就被邻座用手肘猛推。他不解地瞧了瞧她，又转向舞台。

虽然慢半拍的男性洞察力让他反应迟缓，但两个女人都已经意识到这个致命的事实，一个声音悄悄地说："看她的脸，幸亏我们之间有舞台脚灯，不然她会杀了我。"

舞台上的门多萨看到自己帽子的完美复刻品后，虽然嘴上带着可人的微笑，富于感情的黑眼睛里却有一种明显的憎恶闪过，而帽子的主人——他的同伴正高调地坐在第一排，让人无法忽视。

"现在我明白这顶特制的帽子是从哪里得来的灵感了。"她沮丧地低语。

"但是为什么难过呢？我认为她会感到荣幸。"

"我不指望一个男人会懂。你可以偷我的珠宝，可以从我的牙齿里偷金子，但不要偷我的帽子。除此之外，这顶帽子是她在这特定场合下的表演中，独特的一部分。这帽子可能被盗版了，我怀疑她是否允许——"

"我猜想是一种剽窃。"他饶有兴致地看着，甚至有点忘我了。

她的艺术很简单。真正的艺术向来如此，有时侥幸做成一件事情也是如此。她用西班牙语演唱，即使这样，歌词也没有内涵。诸如此类：

"奇卡 奇卡 轰隆隆 轰隆隆

奇卡 奇卡 轰隆隆 轰隆隆"

反反复复。与此同时，她的眼珠从一边到另一边来回滚动，每走一步都用力甩臀部，并且从挂在自己一侧的平底花篮里，拿出小花束扔给观众中的女性成员。

当她唱完两遍副歌的时候，前两三排的每一个女性都拥有了她送的花束，很明显除了亨德森的同伴。"她故意不给我，来报复这顶帽子。"她会意地低语。事实上，每次抛花束，台上这位走路嗒嗒响的主角都会慢慢绕开他们的最佳位置，因为当她瞥过那个特定的方位，她导火索般的眼睛里都会有一个不妙的闪光点，几乎噼里啪啦冒电火星。

"看我跟她要。"她压低声音凑过来说,接着在门多萨脸的正下方击掌,像老虎钳的样子。

暗示被公然忽视了。

她又伸手到门多萨面前,半个手臂的长度,就像乞求东西那样。

有那么一分钟,台上的眼睛眯成一条缝,然后恢复常态,望向别处。

突然,亨德森同伴的手指发出"噼里啪啦"的声响,尖得就要盖过音乐。台上的视线又移过来,狂躁地怒视着冒犯者。另一束花飞出去,仍然不是给她的。

"我从来就没有被打败过。"他听到她固执地喃喃自语。亨德森还没明白这句话的意思,她就站了起来,站在座位上,大笑着索求花束。

两人一度僵持不下,但双方太不平等了。女演员终归是受这位独特观众的摆布,因为她要不惜一切代价,去维持自己在其他观众眼中的甜美和充满魅力的形象。

从另一个角度,亨德森邻座高度的改变也会有不可预知的结果。当臀部舞者开始往回走时,聚光灯听话地跟随她往低处倾斜,扫到亨德森同伴的头和肩膀。她站在正厅,像一个孤独的、直立的障碍物。结果两顶相似的帽子疯狂地吸引了每个人的注意力,议论仿佛向心状的波纹,向外扩散出去,好像石子落入平静的水面。

女演员很快屈服了,想要结束这场可怕的对比,一束像是被勒索来的花越过脚灯飞出去，划出一道优雅的弧线。她可怜地噘起嘴来掩饰自己的疏忽，好像在说："我有忽视你吗？不是故意的，请原谅我。"但人们其实可以看得出她脸色铁青、怒发冲冠。

亨德森的同伴迅速接到纪念品，坐回到位子上，嘴唇礼貌地动了动，只有他读懂了这句话："谢谢——你这个拉丁吝啬鬼！"他立刻呛了一下。

穿着华丽的女演员慢慢退到有些间歇性故障的舞台侧翼里，音乐逐渐停歇，如同"咔嚓咔嚓"的火车声消失在远方。

在侧翼里，他们看到一个瞬间消失但极其暴露的轮廓，屋内响起雷鸣般的掌声。一对露出衬衫袖子、肌肉发达的手臂——很有可能是舞台经理的——挡住女演员不让她再冲上台，很显然是防止鞠躬之外的行为。经理熊抱住门多萨，把她的双手按在身体两侧，看得出她的手已握拳，抽搐着想要打人。舞台变得一片漆黑，另外一群人上台。

最后谢幕之后，他们起身离开，他把节目册丢在自己的座位上。

令他惊奇的是她捡起来，和自己保留的那份合在一起。"只是留作纪念。"她说。

"没想到你是个性情中人。"他边说着，边慢慢往她脚边拥挤的过道走去。

"严格来说，不是性情中人，只是有时我喜欢欣赏自己冲动做的事情，这些东西会有帮助。"

冲动？他猜是因为她从来没见过他，却和他约会一晚上吧。他在心里默默耸了耸肩。

剧场门口人山人海，当他们穿过人群搭出租车的时候，一件奇怪的倒霉事发生了。他们已经叫到了出租车，但上车前，一位眼睛看不见的乞丐来了，在她旁边默默地徘徊乞讨，施舍杯几乎碰到她。她手里拿着的烟不知怎么掉了，可能是乞丐撞掉的，也可能是旁边的谁，刚巧掉在了杯子里。亨德森看到了，但她自己没有，在他能插手之前，这个深信不疑的倒霉鬼就把手指伸进去，紧接着又痛得抽回来。

亨德森赶快把烟蒂拿出来，并给了一美元钞票作为补偿。"对不起，老兄，她不是故意的。"他小声说。看到他还在可怜地吹着灼伤的手指，亨德森又加了一美元。这件事很容易被误会成嘲弄弱势群体，而他知道她不是有意的。

他跟她进了出租车，车开走了。"是不是很可怜？"她就说了这一句。

他没有给司机目的地。

"几点了？"过了一会儿她问道。

"马上十二点一刻了。"

"要不回我们见面的安塞尔莫酒吧怎么样？喝一杯睡前酒，然后在那里分手，你走你的阳关道，我过我的独木桥，我喜欢完整的循环。"

"循环的中间是空白。"他心想,但没有说出来,毕竟这样好像太失礼了。

到达酒吧时人比六点多了许多,他想办法给她在酒吧最后靠墙的地方找了一个凳子,自己站在她肩旁。

"那么,"她说,把酒杯从吧台轻轻举起来,若有所思地盯着它,"干杯!再见!很高兴遇见你。"

"你这样说我很开心。"

他们举杯喝酒;他全干了,她只干了一半。"我要在这里再待一会儿。"她道别,伸出手来。"晚安,祝好运。"他们以一晚的伙伴该有的方式握了一下手。在他要离开的时候,她向他眨了下眼睛,仿佛在劝说:"既然你已经想通了,为什么不回去和她重归于好?"

他吃了一惊。

"我整晚都懂。"她悄悄地说。

他们就此分别,他走向大门,她继续喝酒,这一段故事结束。

当他走到出口时回头看,她依然坐在那里,靠着墙,在弯曲的酒吧尽头,神思恍惚地低着头,可能在无聊地拨弄着杯子。酒吧拐弯处那顶亮橘色的帽子被两个肩膀挡住了,呈现出一个 V 字形。

这就是最后了,在他身后烟雾缭绕、影子斑驳的酒吧里,一抹模糊的亮橘色,就像一场梦、一个从未真实过的场景。

处决前第一百五十天

午夜

十分钟之后,他离家只有一条直线的八个街区那么远——不对,是两条直线——七个街区在一条路上,另一个街区在左边一条路上。他在街角一个公寓前下了车。

他把找回的零钱放进口袋,用自己的钥匙打开大厅的门,进去。

一个男人徘徊在大厅里,等着什么人。他漫无目的地从这里走到那里,又走到下一个地方,这是在大厅等人的人常有的样子。他不住在这幢楼,亨德森从没见过这个人。他不是在等上去的电梯,因为指示按钮没亮;电梯在楼上某层停着不动。

亨德森头也不回经过他,按了按钮让电梯下来。

那个男人背对着亨德森,盯着墙上一张图片,一直盯着,不知有什么好看。事实上,他在假装没意识到大厅里还有别人,装得有些过火了。

亨德森笃定他干了坏事,那张图片着实没有值得研究的地方,他肯定在等一个人从楼上下来,而且这个人是不该和他出去的。

亨德森心想:自己瞎操心什么,与他能有什么关系?

电梯到了,他走进去,厚重的铜门在身后自动关上,他按了架子上方数字六的按钮。从层门上镶嵌的钻石形状小玻璃望去,大厅开始从视线内消失,他瞥见那个研究图片的人,肯定是被约会对象耽搁太久,变得不耐烦了,终于起身往电话台走去。这只是一个小插曲,不关他的事。

他来到六楼,摸索自己的弹簧锁钥匙。过道很安静,一点声音都没有,除了他找钥匙时口袋里叮当的零钱声。

他的房间在电梯口右边第一个。他插入钥匙打开门,屋内没有灯光,一片漆黑。不知什么原因,他感到难以置信,喉咙里轻蔑地哼了一声。

他打开灯,小而整洁的门厅映入眼帘,这盏灯只能照亮这间屋子。透过门厅上面拱形的开口,可以看到里面和往常一样暗得沉闷。

他关上门,脱下帽子和外套放在椅子上。这种寂静和持续的黑暗使他愤怒,六点钟在街上那种惹人注意的沮丧情绪又开始涌上心头。

冲着神秘漆黑的拱形开口,他喊了一个名字:"玛塞拉!"口气强硬,很不友好。

黑暗中没有应答。

他边走,边用同样凶悍、命令式的语气说:"快点省省吧!你还醒着,你逗谁玩呢?我刚才在街上就看见你卧室窗户的灯了。成熟一点吧,这一点用都没有!"

寂静里没有回应。

他斜穿过黑暗,走向墙上的某一点,即使不开灯也知道方向。他这次不再那么咄咄逼人了:"我回来之前,你都完全清醒着!一听到我进门,你就睡着了!这是逃避问题!"

他伸出手臂摸索,在摸到什么之前,开关竟然响了,突然的灯光让他吓了一跳——太突然了,他完全没想到。

他顺着手臂望去,开关还有几英寸远,他根本没碰到。有一只手帮忙开了灯,刚刚沿着墙壁挪开。他的双眼急忙往袖子和手的位置移去,发现了一张男人的脸。

他惊讶地转身,那个方向有另一个男人在看着他。他又往后转了一点,几乎转到身后,发现第三个男人正在后面。三个人表情严肃地站着,雕塑般一动不动,围成了半个圆圈。

他被这三个死寂的幽灵吓得不知所措,疑惑地巡视着屋子想找到一些认识的东西和熟悉感,看看这是不是对的地方,是不是自己的公寓。

他的视线停在墙边桌上的钴蓝色灯座上,那是他的;角落里竖起的低椅,那也是他的;还有柜子上立的相册夹,一边夹着一位漂亮姑娘的照片,她有着满头的卷发、天真的眼睛,还噘起小嘴,另一边夹着他自己的照片。

两张脸望着不同的方向,显得很疏远。

所以他没有搞错,是自己家。

他先开口了,看起来那三个人没打算说话,好像要站着盯他一晚上。"你们这些人在我家里做什么?"他厉声说。

他们没有回答。

"你们是谁?"

他们没有回答。

"你们到这里做什么?是怎么进来的?"他又叫了她的名字,这一次,貌似在要求她对他们的出现作出解释。这里一共有两扇门,一扇是他头朝向的,另一扇是拱形开口旁边他进来的那个。而第一扇门竟然是关着的,神秘地、不可思议地关着。

他们讲话了,他猛地回过头。"你是斯科特·亨德森吗?"他们围的半圆现在更紧了。

"是的,这是我的名字。"他继续瞧着那扇未开的门,"怎么回事?什么情况?"

他们不回答,继续以令人发疯的沉着态度问着问题。"你住在这里，对吗？"

"我当然住在这里！"

"你是玛塞拉·亨德森的丈夫，对吗？"

"是的！听我说，我想知道到底怎么回事？"

他们其中一个用手掌做了个手势，亨德森当时没明白，后来才反应过来。

他试着走向那扇门，但有人挡住了他。"她在哪儿？出去了吗？"

"她没出去，亨德森先生。"有个人平静地说。

"那么既然她没出去，为什么不出来？"他恼怒地喊道，"说句话行吗？说话！"

"她不能出来，亨德森先生。"

"等一下，你刚才给我看的是什么？警徽？"

"放松点，亨德森先生。"他们像是在跳一种很笨拙的集体舞，四个人一起。他往一边移动，他们就一起移动；他又往另一边移动，他们也跟着移动。

"放松？我想知道发生了什么！我们被抢劫了吗？还是发生了什么意外？难道她被车撞了？放开我，让我进去行不行？"

但是他们有三双手按着他，每次摆脱掉一双，就有其他两双上来继续控制他。他拼命地挣扎起来，迎来的是殴打，四个人急促的喘息声充满了房间的每个角落。

"我住在这里,这是我的家!你们不能这么对我!你们有什么权力不让我进自己妻子的房间——"

突然他们停下来,中间一位跟最靠近门的人示意,用不情愿的妥协口气说:"好了,让他进去吧,乔。"

按着他的手臂突然松下来,他打开门,前几步没走稳,差点摔倒。

这是一间漂亮的房间,脆弱又温馨,主色调是蓝色和银色,空气里散发着他熟悉的香囊味。一个娃娃穿着大而华丽的蓝色绸缎裙子,体态丰润,坐在梳妆台上,大而空洞的眼睛似乎在恐怖地盯着他。两根水晶长棍支撑着蓝色丝绸遮阳伞,其中一根已经掉在娃娃膝盖上。卧室里有两张床,铺着蓝色绸缎床单,一张床上还如同冰一样平滑,另一张上则裹着一个人,一个睡觉或者生病的人,从头到脚被包裹着,只有一两撮卷发从头上露出来,好像青铜色的泡沫。

他猛地停下来,脸色煞白、惊慌失措。"她——她对自己做了什么!天呐,这个小傻瓜——!"他惊骇地看了看两张床之间的床头柜,上面什么也没有,没有水杯,没有小瓶子,也没有药盒。

他的腿像灌了铅,拖着走到床边,弯下身,透过床单抚摸她,摸到她圆润的肩膀,不可置信地摇晃着。"玛塞拉,你还好吗——?"

他们穿过门来到他身后,隐约中他感到自己的一举一动都被观察着,甚至研究着。但他没时间顾及那么多。

门口的三双眼睛都在注视，注视他在蓝色绸缎床单上摸索，手在上面画出一个细小的三角形。

突然他感到她冲自己笑，煞白的惨笑凝固在脸上，头发在枕头上散开，宛如一把打开的扇子，极其恐怖，难以置信，足以让他一辈子都有心理阴影。

手停下来，他吃力地往后倒，一次一步。抖动的蓝色绸缎和她都消失了，永远地消失吧。

"我不想发生这样的事情，"他结结巴巴地说，"这不是我想要的——"

三双眼睛对视了一下，像是在心里默默记下证据。

他们把他拉到另一间屋的沙发前，他坐下来。其中一个过去关上门。

他静静地坐着，一只手捂住双眼，仿佛屋里的灯光太强了。他们看起来没有再观察他了，一个站在窗边，盯着空气看，一个站在小桌子旁，翻着杂志，另一个坐在屋子对面，也没看他，只是用什么东西掏着指甲盖，专注得好像世界上其他事情都不重要了。

过了一会儿，亨德森把手移开，发现眼前是相册夹里她的照片，往他这边倾斜。他伸过手把它合上。

三双眼睛完成了心灵感应术的一个循环。

死寂仿佛让天花板不堪重负，压得更低了。终于坐在屋对面的那个人说："我们恐怕要和你谈话了。"

"可以再给我一分钟吗？"他虚弱地说，"我有点崩溃了——"

椅子里的那个人理解地点点头，窗边的一直望着窗外，桌子边的继续翻着一本女性杂志。

最后亨德森捏了捏眼角，像在擦掉什么，然后简短地说："好了，你们开始吧。"

谈话开始得太不正式、太随意了，让人无法判断到底开始了没有，更不像是严肃的对话，而只是帮他们了解一些基本信息。"你的年龄，亨德森先生？"

"三十二。"

"她的年龄？"

"二十九。"

"你们结婚多久了？"

"五年。"

"你的职业？"

"在一家经纪公司上班。"

"你今晚大概几点离开这里的，亨德森先生？"

"五点半到六点之间。"

"能精确点吗？"

"我可以缩小点范围，是的，但我不可能告诉你我关门那一刻是几分几秒。大概五点四十五到五点五十五分之间，因为我到街角的时候，听到六点的钟声；是下个街区那个小教堂的钟声。"

"知道了,你那时已经吃过晚饭了?"

"没有,"他犹豫了一下,"没有——我没吃。"

"那么你是在外面吃的晚饭。"

"我是在外面吃的晚饭。"

"你一个人吃的吗?"

"我在外面吃的,不是和我妻子一起。"

桌边的那个人已经翻完了杂志,窗边的人也对窗外不感兴趣了,坐在椅子上的那位好像怕冒犯到他,委婉地强调道:"呃,不和你妻子共进晚餐,并不是你的惯例,对吗?"

"对,不是的。"

"那么既然是这样,今晚为什么例外呢?"探员没有看他,而是看着他弹掉的圆锥形的烟灰,掉落在旁边的容器里。

"我们本来打算一起出去吃晚餐的,但最后她说感觉不舒服,头痛,所以——我就一个人去了。"

"有吵架之类的吗?"这次声音低得几乎听不到。

亨德森用同样小的声音说:"是的,我们吵过几句,你懂的,就那样。"

"对。"探员好像完全理解这些家庭误会的样子,"但没有严重的事情吗?"

"没有严重到她可以这样做,如果你是指这件事的话。"他停住,一时提高了警觉,反过来问了一个问题,"到底是什么呢?你们还没告诉我,什么导致了——?"

外面门打开,他立刻被打断了,出神地看着周围的一切,直到门又关上。他边起身,边说:"这些人想要什么?他们是谁?他们要在这里干什么?"

椅子上的男人过来,按住他的肩膀让他坐下,但是没有施加过分的压力,更像是一种慰问的表示。

窗边的人望过来,说:"有点紧张,是不是,亨德森先生?"

一种人类都有的本能,天生的尊严,涌上亨德森的心头。"我怎么会——放松,冷静下来呢?"他口气中带着些许委屈和苦涩,"我刚回到家,发现妻子死了。"

他回答到点上了,窗户边的问话者很显然没有什么可说的了。

卧室门又打开了,门口有奇怪、嘈杂的动静。他们正缓慢地从门到拱形开口移动,再移到门厅里去,亨德森瞪大了眼睛。这次他"嘭"地站起来叫道:"不要,不要那样!看看他们在做什么!像拖一袋马铃薯——她漂亮的头发都在地上——她多在乎这些头发——!"

他们按住他,不让他动。外面的门低沉地关上,香囊的味道从空卧室里传出来,好像在低声说:"记得吗?记得你爱我的时候吗?记得吗?"

他忽然跌坐下来,捂住脸,手还在不停地乱抓自己。你能听到他的气息,是完全没有节奏的啜泣。他放下双手,语气中带着无助的诧异,说:"我以为男人不会哭——但我哭了。"

椅子上的男人给他递过一支烟,还为他点燃了。亨德森的眼睛在火柴的光焰下,闪闪发亮。

可能因为中间打断了,或者没有什么能问的了,询问不再继续。当他们又开始的时候,对话变得没有重点、毫无意义,好像在故意打发时间,一定要说点什么似的。

"你很在意穿着,亨德森先生。"椅子上的人随意观察着。

亨德森给他一个稍显厌恶的眼神,没有回答。

"把自己打理得干净整洁是很不错的。"

"这本身就是一门艺术。"翻杂志的人插话说。

"袜子,衬衫,口袋手帕——"

"除了领带。"窗边的人反驳道。

"你们为什么在这种时候讨论这些?"亨德森厌倦地抗议。

"应该是蓝色,不是吗?其他都是蓝色,领带让你的整体打扮显得很蠢。我一个不懂时尚的人都看得出来——"他若无其事地继续说,"你费尽心思地搭配身上其他部分,怎么会把领带这么重要的单品选错了呢?你没有蓝色的领带吗?"

亨德森几乎恳求道:"你们要对我做什么?你们看不出我不想聊这些琐事——"

他又问了一遍,语气和之前一样平淡:"你没有蓝色领带吗,亨德森先生?"

亨德森抓住自己的头发。"你们是不是要逼疯我？"他放低声音，好像无法忍受这么无聊的对话，"是的，我有蓝色的领带，可能在里面我的领带架上吧。"

"那么当你穿这件外套时，怎么没戴它呢？它俩很搭呀。"探员迎合地指了指，"当然除非，你一开始戴了那条，后来又改变主意了，就换了你现在戴的这个。"

亨德森说："有什么区别吗？你为什么揪着领带不放？"他声音放大了一个分贝，"我妻子死了，我内心都崩溃了，戴或者没戴什么颜色的领带又有什么区别？"

对话没有停止的意思，就像水珠一滴滴接连不断地砸在头上。"你确定一开始没有戴那条吗，后来又改变主意的——？"

他像是快窒息了："是的，我确定，它在领带架上挂着。"

探员坦白说："没有，它没有挂在领带架上，这就是我为什么会问。你知道那些像鱼骨一样，沿着你领带架从上到下的垂直小凹槽吗？我们找到了挂那条领带的凹槽，你常常把它搭在上面，因为架子上就空着这一个，而且位置最低，这就意味着上面其他领带垂直挂着的时候会盖住它，所以这条领带是从其他下面抽走的，也就是说你一定是过去先选了它，而不是随意从上面拿走的。现在让我纳闷的是，如果你特意拉起其他领带，从下面选了这条，还从架子上抽出来，为什么又改变主意，换回了这条白天上班一直戴着的？这一条还跟晚上穿的外套不搭。"

亨德森用手掌跟狠狠锤打自己的额头,随后一跳而起。"我受不了了!"他喃喃自语,"我再也受不了这一切了,我告诉你们!你们做这些是为什么,说出来,要么就闭上嘴!它要是不在领带架上,那会在哪儿?我根本没有戴它,它在哪里?你们知道吗?告诉我!然而它在哪儿又有什么区别?"

"有很大区别,亨德森先生。"

这句话说完又等了很久,久得还没等到下半句,他的脸就变得煞白。

"它紧紧勒住了你妻子的脖子,紧得要了她的命,紧得用刀子割开才拿下来。"

处决前第一百四十九天

黎明

  一千个问题之后,破晓的晨光透过窗户,洒进房间,让屋内看起来有些许不同,尽管一切都和以前一样,包括里面的人。公寓就像办了通宵派对,烟蒂散落在每个可能的容器,有些根本不是用来盛烟灰的。钴蓝色灯座依旧在那儿,在黎明的光线下,灯光暗淡下去,显得有些奇怪。相片夹依旧在那儿;她的相片倒下来,里面的人已经不在了。

  他们的样子和动作都像极了宿醉的人,外套和马甲脱了下来,衬衫领子也敞着。其中一个在浴室里,用凉水洗漱,你能通过打开的门听到他的洗脸声。另外两个边抽烟,边漫无目的地徘徊。只有亨德森安静地坐着,一晚上都坐在同一个沙发上,感觉自己在这里坐了一辈子,对外面的世界一无所知。

浴室里的那位,名叫伯吉斯,他走到门口,挤掉头发上滴的水,看似把整个脑袋都泡到水盆里了。"你家的毛巾都在哪儿?"难怪他会纳闷地问亨德森。

"我自己也总在架子上看不到,"亨德森无奈地承认,"她——我要的时候总会给我,但我至今不知道都挂在哪儿了。"

探员无助地看了看四周,水都滴在门槛上。"你介意我借用浴帘的一角吗?"

"不介意。"亨德森说,脸上凝重的表情令人哀伤。

又开始了,事情总是在让人觉得永远结束的时候,又重新开始。

"整件事不仅仅是因为两张戏剧票子,为什么你一直让我们那样认为?"

他抬起头来,起初看错了人。他还习惯于跟谁说话就看着谁的传统礼仪,没想到问话的人压根没有看他。

"因为就是那样,事实就是如此,我还能说什么?你从来没听说过两个人因为戏剧票吵架吗?但那就是会发生的。"

另一个人说:"算了吧,亨德森,不要兜圈子了。她是谁?"

"谁是谁?"

"噢,不要又开始装傻了,"发问者厌恶地说,"我们凌晨四点就在讨论这个问题了,都过了一个半或者两个小时了。她是谁?"

亨德森用疲惫的手指抓住头发,头徒劳地低垂着。

伯吉斯从浴室里出来,把衬衫塞起来,从口袋拿出手表戴上,懒散地看了一眼,又漫无目的地走进门厅。他一定是接起了房间的电话,声音传过来:"现在好了,蒂尔尼。"没人在意,尤其是亨德森,他神情恍惚,眼睛盯着地毯。

伯吉斯又慢悠悠地走进来,来回踱步好像不知道该做什么,最后停在窗户前,调整遮阳板,让更多光线进来。一只小鸟站在外面的窗台,冲他扭着脑袋好像知道些什么。他说:"过来一下,亨德森。这是种什么鸟?"亨德森并没有动。"过来,快点,要不它飞走了。"仿佛这是世上最重要的事情。

亨德森起身走过去,站在他身旁,背对着房间。"麻雀。"他简短地回答,看了他一眼,像是在说:你并不想知道这个。

"我猜也是。"为了让他继续向前看,伯吉斯接着说,"这里风景很不错。"

"什么都能看到,鸟和一切。"亨德森苦言道。

房间里突然安静下来,所有问题都停止了。

亨德森转过来,停在原地。沙发上坐着一个女孩,就坐在自己刚才坐的地方。她进来没有一点声音,没有开门声,也没有衣服摩擦声。

三个男人三双眼睛盯着他脸的方式,仿佛要把整层皮撕下来,而他从里面抓住它,固定住。这层脸皮有点僵硬,像硬纸板,但他确保它没有动。

两人对视着。她很美,是安格鲁－萨克逊人的长相,甚至比真正的安格鲁－萨克逊人更典型。她有着蓝色的眼睛,太妃糖色的直发,刘海梳得整整齐齐,垂在额头上,头发分缝跟男人的一样清晰。一件棕褐色驼绒外套披在她的双肩,空空的袖子搭在两边。她没有戴帽子,手拎一只手提包。女孩很年轻,还在相信爱情和男人的年纪,或者如果她是理想主义者,会一直相信。从她看亨德森的眼神中,你就可以得知了,这双眼睛里简直有火焰在燃烧。

他抿了抿双唇,微微点了下头,像是对一个关系疏远的泛泛之交,可能记不起名字,也不知在哪儿见过,但又不想怠慢。

除此之外好像对她没有更大兴趣了。

伯吉斯肯定在背后悄悄做了手势,突然屋里其他人都不在了,只剩下他们两个。

他还没来得及动弹,驼绒外套里的女孩就像子弹一样扑到他怀里,留下外套空空地立在沙发一角,然后缓慢地晃动、瘫软下去。

他往一侧跳了一步,试图挣脱开。"不要这样,小心点,这就是他们想看到的,他们可能听着每句话呢——"

"我有什么好怕的。"她抓着他的手臂轻轻摇晃,"你怕什么?怕什么?告诉我!"

"六个小时了,我都在努力回避你的名字。他们是怎么把你牵扯进来的？怎么听说你的？"他使劲锤打自己的肩膀，"该死的，只要不影响到你，让我干什么都愿意！"

"但是你有麻烦了，我就愿意和你一起处理。你难道不了解我吗？"

一个热吻袭来，让他无法回答。之后他说："你就这样亲了我，都不知道是否——"

"不，我知道的，"她贴着他的脸，坚持道，"噢，我不可能错到那个程度，没有人会那样。如果错了，我的心应该被送去心理缺陷机构接受治疗。然而我有一颗聪明的心。"

"那么，替我告诉你的心一切都好，"他悲伤地说，"我不恨玛塞拉，只是没有那么爱她，不能继续跟她在一起了。但我不会杀死她。我不可能杀人的，任何人都不行——"

她把额头埋在他胸前，有种难以名状的感动。"你需要告诉我吗？当街上的流浪狗走到我俩跟前时，难道我没看到你脸上的表情吗？当拉车的老马站在路边时——噢，没时间说这些了，但你觉得我是为什么爱你呀？你不会认为是因为自己很帅吧？或者很有才华，或者很时髦吗？"他笑着抚摸女孩的秀发，温柔地亲吻着它们，"我爱的，全是你的内在，别人都看不到，除了我。你有太多优点了，把你撑得满满的——但都在里面，只有我一人知道，全归我所有。"

她最后抬起头，眼睛里闪烁着泪水。

"不要这样，"他柔声细语地说，"我不值得。"

"我有自己的价格表，不要跟我砍价。"她抱怨道，女孩望向那扇被忘得一干二净的门，脸上的光黯淡下来，"他们怎么办？他们认为——"

"我觉得目前有一半把握，不然不会扣押我这么久——他们是怎么找到你的？"

"我昨晚回来听到你六点钟的留言，我这人最讨厌不把事情处理完就上床睡觉，于是大概十一点钟时，给你打了电话。那时他们已经在这儿了，并派了一个人跟我谈话，直到现在。"

"耽误你一个晚上，真是够意思的！"他愤愤不平地说。

"知道你有麻烦，我也不想睡觉的。"她用手指扫过他脸颊的弧度，"只有一件事情最重要，其他的都无所谓，这个案子一定要澄清，他们必须想办法找到真正的凶手——你告诉了他们什么？"

"你是说关于我们吗？没有，我努力不把你牵扯进来。"

"可能这就是问题所在吧，他们感觉到你有所保留。现在我也进来了，所以你觉得把我们的一切告诉他们会不会更好些？我们没有什么可耻的或者好怕的，你越早告诉他们，一切就会越早结束。他们也许已经猜到了，从我的态度看来，我们大错特错了，对——"

她戛然而止。伯吉斯回到房间，脸上有种如愿以偿的得意表情。其他两个人跟着进来，亨德森甚至捕捉到其中一人使眼色。

"楼下有辆车可以把你送回家，里奇曼小姐。"

亨德森上前一步,"听着,可以不让里奇曼小姐参与这件事吗?这不公平,她真的什么也——"

"这完全取决于你自己,"伯吉斯说,"你看起来急需一些提醒,我们才把她带来的——"

"我会告诉你我知道的一切,"亨德森一脸严肃地保证,"但你要确保记者不会骚扰她,不会得到她的名字并且大做文章。"

"你要老老实实说真话。"伯吉斯答应了。

"我会的。"他转过身,用比之前更温柔的语气说,"你走吧,卡萝尔。睡点觉,不要担心,过一会儿就没事了。"

她当众吻了他,好像对自己的感情非常自豪。"你会给我打电话的,对吗?事情结束后立刻给我打电话——就今天好吗?"

伯吉斯送她走出房间,跟外面站岗的警察说:"告诉蒂尔尼,谁也不准靠近这位年轻的小姐。名字不能给,任何问题都不要回答,什么信息也不准透露。"

"谢谢,"亨德森心存感激地说,"你是个靠得住的人。"

探员看了他一眼,没有理会这句话,坐下来,掏出笔记本,把写得密密麻麻的两三页纸划掉,翻到新的一页。"我们能开始了吗?"他说。

"开始吧。"亨德森默许道。

"你说你们吵架了,是这样吗?"

"是这样。"

"因为两张戏剧票？是这样吗？"

"因为两张戏剧票和离婚，是这样的。"

"你提到离婚了，那时你们有什么不好的感觉吗？"

"没有任何感觉，好和不好的都没有，这就叫麻木吧。我在这以前就提过离婚，她知道里奇曼小姐，我告诉她了，我没有要隐藏什么，只是努力和平地解决问题。她拒绝离婚。离婚并不好，我也不想这样，但我想娶里奇曼小姐。我们有试着分开过，但是太难受了，我受不了。有必要说这些吗？"

"非常有必要。"

"前天晚上我跟里奇曼小姐谈话，她看到我很为难，就说：'让我试试，让我跟她谈。'我说不行。她说：'那你就再试一次，这次用别的办法，跟她讲道理，努力说服她。'结果背道而驰，但我想了新办法。上班时我打电话，在我们常去的餐厅预约了两个位子，然后买了一场剧的两张票，第一排过道的座位。最后我甚至都拒绝了最好朋友告别派队的邀请，他的名字叫杰克·隆巴德，要去南美待几年；这是他乘船出发前最后一次见面机会。即使如此，我还是选择原计划，想要和她好好相处这一晚。

"我回到家来发现，一切都无济于事。她不打算和解，不喜欢解决问题，一副能怎么样就怎么样的态度。我怒了，大发雷霆，这点我承认。她等到最后一分钟，让我去洗漱换衣服，自己坐在那里大笑。'你怎么不带她去呢？'她不停地嘲讽我，'为什么要浪费这十美元呢？'所以我当场在她面前给里奇曼小姐打电话。

"这次我也没能如愿，她不在家。玛塞拉快笑掉了大牙，她故意这样做的。

"你知道被嘲笑的感受，自己就像个笨蛋。我气得眼冒金星，吼道：'我到街上邀请遇到的第一个女孩替你去！第一位卷发穿高跟鞋的女孩，不管她是谁！'然后戴上帽子，摔门而去。"

他的声音低沉下来，如同一个需要上弦的闹钟。"就是这样。我已经尽力了，将一切都全盘托出，事实就是如此，没有其他能说的了。"

"你离开这里以后，是按刚才提到的原计划行动的吗？"伯吉斯问。

"是的，但我不是一个人，有人跟我一起。我按跟她讲的做：遇到一个女孩，邀请她同行，她接受了，之后一直跟她在一起，直到我回来前十分钟。"

"你大概什么时候遇见她的？"

"离开这里几分钟以后，在第五大道上我找到一家酒吧模样的地方，就在那里遇见她的——"他抬了抬手指，"等下，我记起来了，我可以告诉你见到她的准确时间，因为给她看戏剧票的时候，我们一起看了表，刚好六点十分。"

伯吉斯用指甲划了一下嘴唇下面。"什么酒吧？"

"说不上来，当时只记得上面有红色的'进来'字样。"

"你能证明六点十分的时候在那里吗？"

"我刚说了我在的，为什么？为什么这么重要？"

伯吉斯慢吞吞地说："我可以吊你胃口，但那样也没意思，直接告诉你吧，你妻子是在六点零八分被杀的，她死的时候手表撞在梳妆台边碎掉了——"他拿起什么读道，"6-08-15。"放下后他继续说，"任何长两条腿的生物，甚至有翅膀，也不可能用一分四十五秒的时间从这里赶到第五大道。你证明你六点十分在那里，这一切就结束了。"

"但我告诉你了！我看过表。"

"那不是证据，只是没有根据的说法。"

"什么算证据呢？"

"有确证的事实。"

"但是为什么要在我那边找证据呢？怎么不从这边找？"

"因为这边没有证据证明不是你杀的人，你以为我们跟你耗在这里一晚上是为什么？"

亨德森的手腕无力地垂在膝盖上。"我知道了，"他叹息道，"我知道了。"之后一阵安静，沉默在房间里蔓延。

终于伯吉斯开口了："你在酒吧遇见的这位女士可以为时间作证吗？"

"可以，她和我一起看了表，一定会记得。对，她可以的。"

"那就好，只要她不是被你所迫，并且答应作证，提供的证词符合要求，问题就解决了。她住在哪里？"

"我不知道，我们回到见面的酒吧，在那里分开的。"

"那么她的名字呢？"

"不知道，我没问，她也没告诉我。"

"没有名字，也没有昵称吗？你跟她待了六个小时，都叫她什么？"

"'你'。"他愁眉不展地答道。

伯吉斯又拿出笔记本。"好吧，描述下她的长相，我们会发出去，把她找出来的。"

漫长的等待。

"可以吗？"最后他说。

亨德森面如死灰，艰难地吞了吞口水。"上帝呀，我不能！"他终于开始说话，"我已经完全想不起来了，她的样子从我记忆中消失了。"他绝望地用手捂住脸，"我昨晚刚回来时应该可以描述，但现在不能了。发生了太多事，玛塞拉太让人震惊——你们一晚上都在向我问话。她像一卷曝光过度的胶卷，彻底消失了，甚至我跟她一起的时候，也没有特别留意，我满脑子都是自家的破事。"他向探员一个个望去，像在寻求帮助。"她是彻头彻尾的空白！"

伯吉斯试图为他解围。"慢慢来，努力想想。比如说眼睛？"

亨德森无力地把握紧的手摊开。

"不行？好，那么头发。头发是什么样的？什么颜色？"

他用手捂住自己的眼眶。"也不记得了。一开始觉得是这种颜色,后来又觉得是另外一种,想说另一种的时候,又感觉貌似是第一种。我不知道;一定是介于两者中间的颜色,不棕也不黑。大部分时候她戴一顶帽子。"他仿佛看到了一丝希望,抬起头,"我对帽子的印象最深刻,一顶橘色的帽子,会有用吗?对,橘色,没错。"

"但是昨晚后她可能就摘下来不戴了,也可能以后六个月再也不会戴着它出现,这样我们该怎么办?你不记得关于她本人的特征吗?"

亨德森痛苦地揉着太阳穴。

"她是胖还是瘦?是高还是矮?"伯吉斯提示他。

亨德森扭动着腰,从一边到另一边,仿佛要从问题里逃出来。"不知道,真的不知道。"

"你不是在耍我们吧?"另一个探员冷冰冰地质问,"只是昨晚,又不是上周或者去年。"

"我对记人脸向来不在行,就连我在平心静气,没烦恼的时候也一样。噢,我想她有一张脸——"

"你在开玩笑吧?"那位探员继续他插科打诨的角色,揶揄道。

他表现得越来越糟,已经开始不假思索地胡说八道了:"她长得像其他女人,我只能说这些——"

错误酿成了。伯吉斯显然是个慢性子,没有丝毫暴脾气的迹象,也逐渐拉长了脸。他停下笔来,没有把铅笔放回口袋,而是愤怒地扔到对面墙上,仿佛要故意击中某物,然后走过去捡起来,脸气得通红。他穿上自己扔在旁边已久的外套,拉了拉领带。

"起来吧,伙计们,"他没好气地说,"我们走吧,不早了。"

他在通往门厅的拱形开口处停下来,面无表情地看了亨德森一眼。"你到底把我们当什么?"他咆哮着,"容易上当的傻瓜吗?你和一个女人,出去待了整整六小时,就在昨晚,然而你却说不出她长什么样子!你和她肩并肩坐在酒吧喝酒,与她一桌之隔在饭店吃菜喝咖啡,坐在她旁边看了三小时戏剧,还和她来回几次坐在同一辆出租车里——但是她的脸在橘色帽子下面变成了一片空白!你觉得我们会信吗?你给我们一个真假不知的人,一个幻影,没有姓名,没有外形,身高、体重、眼睛、头发等统统不知道,还要我们相信你妻子遇害时你在外面而不在家里!你自己都编不下去了吧,十岁儿童都能识破你的谎言。只有两种可能,一种是根本没有这个人,是你自己凭空臆想出来的;另一种可能性大一些,就是你并没有和她出去,而是当晚在人群中看到这样一个人,于是编了故事蒙骗我们。你故意描述不清,我们就画不出画像,无法发现事实!"

"继续火上浇油吧!"另一个探员喊道,声音像电锯锯着松结,"伯吉斯不常发火,"他的口气中带着些许调侃,"但一旦发火了,就够你吃不了兜着走的。"

"我被捕了吗？"斯科特·亨德森被探员们抓着站起来，走向门口。

伯吉斯没有直接回答，但从他对肩后另一个人下的指令中，可以找到答案。

"关上台灯，乔，这里很长时间都不会有人住了。"

处决前第一百四十九天

下午六点

车子在拐角处等待,附近不见踪影的钟楼开始敲响整点的钟声。"车来了。"伯吉斯说。他们没有熄火,等了十分钟。

亨德森,既没有被给予自由也没有被铐起来,坐在后座,被伯吉斯和另一位总部探员夹在中间,这位探员也在公寓参与了昨晚和今早的审讯。

一个他们称之为"荷兰人"的探员站在车外人行道上,看起来呆头呆脑、心不在焉。在第一声钟声敲响前,他跪在地上系鞋带,现在站起来了。

这是一个类似昨晚的夜晚，正值约会的黄金时间。西边天空略施粉黛，每个人都有目的地。亨德森一动不动，坐在两名警察之间。他一定已感觉到，这几个小时，世界有了多么翻天覆地的改变。

他自己家就在车后下一个拐角处，仅有几幢房子的距离。只是他已不住在那里了；现在住在警察总部一座监狱牢房里。

他无精打采地说："不，要退后一家商店的距离。"他告诉伯吉斯，"第一声钟声敲响时，我刚好走到那家女式内衣店窗外。当我看着它——听到同样的钟声——就能想起来。"

伯吉斯朝人行道上的人转述："往后退一个商店，从那里开始，荷兰人。对，那里，开始走！"六点的第二声钟声敲响了，他按住手里的秒表。

人行道上又高又瘦的红头发男人开始走起来，与此同时车也慢慢地开动，在路边与他并排前进。

"荷兰人"一开始有点不自在，两腿略显僵硬，但渐渐地就放松了。

"他的速度怎么样？"伯吉斯问。

"我好像比他快一点，"亨德森说，"我生气的时候走得很快，昨晚也是健步如飞。"

"快一点，荷兰人！"伯吉斯指示说。

瘦子稍微加快了脚步。

第五次钟声响了，接着是最后一声。

"现在怎么样?"伯吉斯问。

"差不多。"亨德森表示赞同。

他们过了十字路口,遇见一个红绿灯,车子停下来,行人可以畅行。亨德森昨晚忽视了这点。车子在下一个街区中间赶上来。

现在到了第五大道,一个街区过去了,又一个街区也过去了。

"还没看到吗?"

"没有,或者已经过去了,它没有亮。昨晚它一片通红,比看到的这些都红,整条街道都染红了。"

第三个街区过去了,然后是第四个。

"看见了吗?"

"没有。"

伯吉斯警告他:"要注意你做的事。如果时间拖得太长,所谓的不在场证明就不成立了。你现在应该在酒吧里了;已经六点过了八分三十秒了。"

"你不相信我,"亨德森冷淡地说,"又有什么区别?"

"两个地点之间确切的步行时间并不难算,"他另一边的警察插话道,"我们先找到那家酒吧,记录准确的时间,然后做减法。"

"过了九分钟了!"伯吉斯拖长了声音。

亨德森低着头,透过车窗望着人行道前缓慢移动的街景。

一个名字闪现在眼前,无色的玻璃灯管没有亮。他赶快转身,"就是它,我想是它,但灯没亮。安塞尔莫,就是类似这样的名字,我差不多肯定，听起来很异域风情——"

"进去，荷兰人！"伯吉斯大喊，按下按钮，停住秒表，宣告结果，"九分钟零十秒半。我们给你十秒半来应对临时状况，比如穿过拥挤的人群，在十字路口等红绿灯之类的，这些状况每次都不一样。从你公寓下面的街角到这间酒吧，九分钟是完整的步行时间。我们再给你一分钟从公寓下楼到第一个街角，也就是第一声钟声敲响的地方。我们已经测试了这一圈，换句话说——"他转过头看着亨德森，"你要想办法证明你最晚是六点十七分进入酒吧的——但不能更晚——这样立刻就可以洗清罪名了。"

亨德森说："如果我能找到那位女士，就可以证明我是六点十分到这里的。"

伯吉斯打开车门，说："进去吧。"

"见过这位男士吗？"伯吉斯问。

酒吧服务生手托下巴，手指呈 V 字形，承认道："看起来有点眼熟，但我见过太多客人了。"

他们给他一些时间思考。他从一侧打量亨德森，又到另一侧观察，依然犹豫不决："我不清楚。"

伯吉斯说："有时相框和照片一样重要。我们试试其他的办法，去吧台吧，服务生。"

一伙人一同前往。"哪个是你坐的椅子，亨德森？"

"大概这边，钟表正对面，零食碗距离我两个座位。"

"好，坐上去。服务生，试试看，忘记我们，好好看看他。"

亨德森愁眉苦脸地斜着脑袋，盯着吧台的表面，像昨晚一样。

果然奏效了，服务生打了一个响指。"对了！忧郁男！我记起来了，就是昨晚，对吗？肯定只喝了一杯酒，没有逗留太长时间所以印象不深。"

"现在我们需要具体时间。"

"在我当班的第一个小时，当时顾客还不多。昨晚迟一点才忙起来；有时会这样。"

"你当班的第一个小时是什么时候？"

"六点到七点。"

"好，但是六点多少呢？我们想知道。"

他摇摇头："对不起，先生们。我只会在下班前看表，从不会在开始时看。可能六点，也可能六点半，也有可能六点四十五，我真的说不上来。"

伯吉斯看着亨德森，眉毛轻扬，然后转向服务生。"跟我们讲讲同一时间在这里的那个女人。"

服务生的回答简短得可怕："哪个女人？"

亨德森的脸色越变越差，从正常肤色到苍白再到惨白。

伯吉斯轻拍他，他还是呆若木鸡。

"你没看到他过去跟一位女士说话吗？"

服务生说："没有，警官，我没看到他过去跟任何人讲话。我不敢保证，但印象中当时吧台没有别人能和他说话。"

"你看到一个女人独自坐在这里吗？不管他有没有走过去。"

亨德森无助地指着两张吧台椅子，在伯吉斯没来得及阻止他之前说："一顶橘色帽子。"

"不允许这样做。"探员警告他。

服务生不知什么原因，突然变得很急躁。"要知道，"他说，"我干这一行三十七年，早已厌倦那些该死的脸了，天天看着他们买醉，夜复一夜，开门关门，关门再开门。不要进来问我谁戴了什么颜色的帽子，或者他们是不是选了彼此一起喝酒。对我来说，他们只是生意，只是酒，明白了吗？他们就是一杯酒而已！只有告诉我她喝了什么酒，才能让你知道她是否在这里！我们留着所有账单，可以去老板办公室拿来。"

现在他们都转向亨德森，他说："我点了苏格兰威士忌和水。我一直喝这个，从没点过别的。给我一分钟想想她喝了什么，当时她的杯子快见底了——"

服务生拿回来一个大铁盒。

亨德森抓了抓额头，说："杯底有一颗樱桃，并且——"

"可能是六种饮料之一，我会帮你找出来。杯子是高脚的还是平的？沉淀物是什么颜色？如果是曼哈顿，酒杯是高脚的，沉淀物是棕色。"

亨德森说："是高脚杯，她会摆弄杯子底部。但是沉淀物不是棕色，不是的，而像是粉色。"

"杰克罗丝，"服务生欢快地说，"我马上找出来。"他开始翻看账单，花了一些工夫。他需要倒着过滤这些纸张，因为越早的越在下面。"看，它们是按顺序从账簿上撕下来的，上面都有数字。"他提道。

亨德森愣了一下，探身过去，"等下！"他屏息凝神，"我刚想起来了，印在我那个账簿上面的数字，是十三，不吉利的数字。我记得他递过来的时候我盯了半天，要是你们应该也会这样。"

服务生把两页账单拿到他们面前。"对，你说得没错，"他说，"你看，但两张不是来自同一本账簿，十三：一杯苏格兰威士忌和水。这里是杰克露丝，有三张，编号七十四，是汤米的账单，他傍晚的时候在我前面当班，我认得出他的笔迹。不仅如此，有其他男士陪这位女士，因为这张单子记录着三杯杰克露丝和一杯朗姆，正常人是不会把这两种酒混在一起喝的。"

"所以——？"伯吉斯轻声问道。

"所以就算她逗留到我当班，我也仍然不记得这位女士，因为她是汤米的生意，不是我的。但如果她真的停留那么久，以我三十七年酒吧工作的经验看来，这位男士没有走过去跟她讲话，因为她已经有一位异性陪同了。同样工作经验告诉我，这位男士应该陪她到最后，因为没人会一次花八十美分买三杯杰克罗丝，然后离开，把自己的投资留给别人享用。"他用吧巾锤了一下柜台，像在一锤定音。

亨德森的声音颤抖着:"但你记得我在这里!既然记得我,为什么不记得她?她更好辨认。"

服务生的逻辑非常不友好:"是的,我记得你,因为你就在我眼前,我又一次见到你了。像这样把她也带来,我可能也会记得她。但现在无能为力。"

他双手抓住吧台的边缘,如同一个两腿不听使唤的醉汉。伯吉斯拉开他一只手臂,咕哝道:"走吧,亨德森。"

他另一只手依然抓着吧台,用尽全力朝服务生喊:"不要这样对我!"他声嘶力竭地反抗,"你知道是什么指控吗?是谋杀!"

伯吉斯连忙捂住他的嘴,厉声道:"闭嘴,亨德森。"

他们把他拖出去,他还在拼命挣扎,想要逃回酒吧。

"你的确签了十三号账单。"一位探员低声表示。他们回到街上,一群人紧紧地押着他向前移动。

"从现在起,就算她再出现,哪怕是今晚,也为时已晚。"伯吉斯警告他,他们坐下来等待出租车司机的追查结果,"出租车应该在六点十七分到达酒吧。但我纳闷她晚一些会不会出现,如果会出现,要多久。这就是我们为什么要重走你昨晚从头到尾的路,每一步都准确无误。"

"会的,她必须出现!"亨德森坚信,"在我们出去那晚的某个地方,会有人记得她。只要你们找到她了,她本人就可以证明第一次遇见我的时间和地点。"

被伯吉斯派去调查司机的探员回来报告:"日出公司有两位司机在安塞尔莫门口接生意,我把他们都带来了,名字分别是巴德·希基和阿尔·阿尔普。"

"阿尔普,"亨德森说,"这就是我在努力想的那个可笑名字,我跟你提过我们俩都被这个名字逗笑了。"

"带阿尔普进来,让另一位回去吧。"

他本人看起来跟证件照一样滑稽,甚至更滑稽,因为是彩色的。

伯吉斯说:"你昨晚有没有载客人从酒吧到白楼餐厅?"

"白楼,白楼——"他起初不太确定,"我一晚上载来载去太多次了——"后来记忆之门忽然敞开了,"白楼,晴朗的夜晚大概六十五美分,"他自言自语,接着大声说,"对,我载过!我昨晚载过六十五美分的一笔生意,在两个三十美分的生意之间。"

"看看周围这些人,哪个坐过你的车?"

他的眼睛扫过亨德森的脸,又转回来问:"是他,对吗?"

"我们在问你,不要问我们。"

他把问号去掉。"就是他。"

"一个人,还是和别人一起?"

他想了一分钟,慢慢摇头。"我不记得旁边有没有人了,应该是一个人。"

亨德森向前倾过去,像是突然扭了脚踝。"你一定看到她了!

她先上车,先下车的,和其他女士一样——"

"嘘,安静。"伯吉斯让他闭嘴。

"女士?"司机愤愤不平地说,"我记得你,完全记得你,因为接你的时候挡泥板被撞了——"

"是的,是的,"亨德森急切地回应,"也许这就是为什么你没看见她上车,因为你的脑袋朝着其他方向,但是到达的时候肯定——"

"到达的时候,"司机坚决地说,"我的脑袋肯定没朝着其他方向,没有出租车司机收钱的时候还那样,但我没看到她下车。怎么回事呢?"

"我们一路上都开着灯,"亨德森辩解道,"你怎么会没看到她坐在你后面呢?她一定会出现在你的后视镜,甚至挡风玻璃上——"

"现在我肯定,"司机说,"即使之前拿不定主意——现在非常确定了。我开出租车八年,如果你开着顶灯,说明你是一个人,因为我从没见过男人带女人出去会让顶灯亮着。任何顶灯亮的时候,后面的男人一定是单身。"

亨德森如鲠在喉,无言以对,但还是努力挤出一句话:"你怎么会记得我的脸,而不记得她的?"

伯吉斯抢先一步说:"你自己也不记得她的脸,你和她待了整整六小时——而他呢,只是二十分钟,还是背对着。"他结束询问,

"好了,阿尔普,这就是你的全部证词了。"

"这是我的全部证词,昨晚我载这位男士时,没有人和他一起。"

他们到达白楼时,饭店已经在进行打烊前的清理工作了。桌布已撤下,最后一批久享美食的人已离开,雇工在厨房吃饭,可以听到里面传来"呼呼"作响的餐具声。

他们拉出椅子,坐在一张裸露的桌子旁,像是一群古怪的鬼食客,就餐却看不到任何餐具或食物。

餐厅领班习惯于向客人鞠躬,所以虽然下班了,还是一出来就向他们鞠了一躬。然而他看起来不太好,因为他脱掉了西装和领带,脸颊上还有食物残渣。

伯吉斯问:"你见过这位先生吗?"

他深黑的眼窝转向亨德森,回答像打响指一样干脆利落:"是的,见过。"

"什么时候最后一次见他?"

"昨晚。"

"坐在哪里?"

他准确地指出那张嵌入式的桌子说:"那里。"

"然后呢?"伯吉斯说,"继续。"

"继续什么?"

"谁跟他一起?"

"没有人跟他一起。"

一排潮湿的小针刺开始沿着亨德森的额头出现。"你看见她在我之后一会儿工夫进来,并加入我的,你看见她坐在那里吃了整顿饭,你一定看见了。有一次你甚至靠近鞠躬说:'一切都满意吗,先生?'"

"是的,那是我职责的一部分,对每一桌都至少会说一次。我尤其记得对你说过,是因为你的脸,怎么说呢,看起来有点不满意。我也特别记得有两把空椅子,在你的两边,我还摆正过其中一把。你提到我说的话,如果我说'先生',那肯定意味着你旁边没有人。如果是一男一女共同进餐,那么正确的称呼是'先生和女士'。这个是不会变的。"

仿佛有人向他深黑的眼窝射入两枚铅弹,牢牢地镶在里面。他转向伯吉斯:"如果还有疑问,我可以拿出昨晚的预订名单,你自己看。"

伯吉斯夸张地把音调拖得很长,慢吞吞地表示赞同:"看看也无妨。"

领班穿过餐厅,打开餐具柜的一个抽屉,拿出一本账簿。他没有走出房间,也没有从他们视线中消失,只是把账簿保持原样递过去,让他们自己打开。他只说:"最上面有日期。"

他们都凑过头来查看,除了亨德森站在原地。账簿是用铅笔即时记录的,但对于查看名单足够。页面开头写着:"5月20日,星期二",整张纸上有一个角对角的大叉,说明这一页已经结束,但没有遮盖字迹,不影响阅读。

上面有一个九到十个名字的列表,像这样分纵栏书写:

18桌:罗杰·阿什利,四位。(划掉)

5桌:雷伯恩女士,六位。(划掉)

24桌:斯科特·亨德森,两位。(未划掉)

在第三个名字旁边有这样的括号字符:(1)。

领班解释道:"这正说明了事实。有横线划掉,意味着预订的人全来了。没有横线划掉,意味着他们压根没来。没有横线划掉,并加了一个数字,意味着只有一部分人来,剩下的待定。括号里的标识是我自己的记号,因此我会知道他们出现后该去哪儿,把他们安排在什么位子,可以避免问太多问题。哪怕他们只是来吃甜品,只要来齐了,就有横线划掉。所以这就证明:先生预订了两个人的座位,但一个人来了餐厅,另一位一直未出现。"

伯吉斯用敏感的指垫部分触摸纸张的名单位置,寻找涂擦的痕迹。"没有修改过。"他说。

亨德森用手肘撑着桌面,脑袋靠在上面,仿佛失去知觉。

领班雪上加霜:"我只有这本账簿可做参考,传达给我的信息是亨德森先生昨晚在我们餐厅是一人进餐的。"

"传达给我们的信息是一样的。记下他的名字、地址等等,以便进一步问询。好,下一个,餐桌服务员,米特里·马洛夫。"

在亨德森眼里,来人只是换了一个轮廓。这场梦,这次恶作剧,管它是什么，在没完没了地继续。

这对他们其他人来说，这会变成一个笑话，除了他。亨德森看到有人在做笔记，手指绕到大拇指上，像那个老生发水广告里一样。"不，不，请原谅，先生们，里面有一个字母D，但是不发音的。"

"既然不发音为什么有这个字母？"旁边一位探员很好奇。

"我不在乎有什么字母，"伯吉斯说，"我只想知道，你是负责二十四号桌吗？"

"从那里的十号，一直到这边二十八号，都是我的。"

"你昨晚在二十四号桌服务过这位先生吗？"

他容光焕发，马上进行一番寒暄："噢，当然！晚上好！您好吗？希望再次光临我们餐厅！"显而易见，这位侍者并没有认出他们是警察。

"不，他不会来了，"伯吉斯摊开手，毫不留情地打断他说，"你服务他时桌上有几位客人？"

服务员一头雾水，一副想要做到最好，却摸不透客人心理的表情。"他，"他说，"就一人。"

"没有女士？"

"没有，没有女士，什么女士？"他不知所以地问，"怎么了？他丢了一位客人？"

亨德森张开嘴深吸一口气，放声大叫，好像突然被什么东西刺到，痛得难以承受。

"对，他丢了一位。"一个探员调侃道。

服务员见自己猜对了，不好意思地盯着他们，然而很显然，他并不清楚自己是如何正中靶心的。

亨德森此时孤立无援、万念俱灰。"你为她拉过椅子，还打开菜单递给她。"他反复拍打自己的脑袋，"我亲眼所见你做这些事，你却说没看见她。"

服务员开始用一种东欧人的激动语气，声情并茂但无恶意地解释："我拉开椅子，是的，那是当有女士在的时候，但如果没有女士，我怎么会拉椅子呢？你认为我拿椅子给空气坐吗？你以为我打开菜单，把它放在空气面前吗？"

伯吉斯说："跟我们讲，不要跟他讲，他被拘留了。"

他扭转方向，继续喋喋不休地说："他留给我一个半人的小费，怎么会有女士和他一起呢？如果昨晚有两位进餐，他只给我一个半人的小费，你觉得今天我会对他友好吗？"他双眼里闪着斯拉夫人的火焰，即使假设也让他怒不可遏。"你觉得我在匆忙中忘记了吗？我接下来两周都会记得！哈！你觉得我真会欢迎他回来吗？哈！"他没好气地讥笑着。

"什么是一个半人的小费？"伯吉斯好奇地问。

"一个人是三十美分，两个人是六十美分，他给了我四十五美分，就是一个半人。"

"两个人进餐你不可以收四十五美分吗？"

"从不！"他鄙夷不屑地怒斥，"如果收了，我会这样做。"他假装移开桌子上的托盘，手指鄙视地抬起来，好像上面有脏东西，然后凶神恶煞地盯着眼前假想的客人，也就是亨德森，一直盯得人家毛骨悚然。他厚厚的下嘴唇向里卷曲，眼睛斜视着对方冷笑。"我说：'谢谢您，先生。非常感谢您，先生。非常非常感谢您，先生。您确定要这么做吗？'如果旁边有女士，他会感到羞愧，就会多给一些。"

"我是会的，"伯吉斯承认，扭过头，"你给了多少钱，亨德森？"

他的回答苍白无力："和他说的一样，四十五美分。"

"还有一件事，"伯吉斯说，"可以作为更好的证明。让我看看那顿晚餐的收据，你们都保存着，是吗？"

"经理那里有，你可以问他。"服务员的表情变得友善起来，好像确定没人再质疑自己的诚信了。

亨德森突然警惕地探过身来，萎靡不振的情绪仿佛一扫而光。

经理亲自拿来收据，它们被捆在一起，放在长方形的搭扣式文件袋里，一个日期一袋，方便经理每月底清算账务。他们毫不费力地找到亨德森那张，上面写着："24号桌，服务员3.1，套餐2.25。"并且盖上了椭圆形、淡紫色的印章："已付款。五月二十日。"

当天那一捆收据中，在二十四号桌就餐的还有两张收据，一张是晚餐前傍晚时分的，写着"1茶0.75"；另一张是四人聚餐的，一群人明显来得很晚，打烊前才出现。

他们不得不扶他走回车上,因为他的双腿不听使唤,整个人毫无知觉,几乎不省人事。又一次,虚幻的楼房和空洞的街景如梦一般向他们后方滑动,仿佛玻璃上的影子。

他突然爆发了:"他们在说谎——他们要杀死我,全部这些人!我到底对他们做了什么——?"

"你知道你让我想到什么了吗?"旁边的探员说,"托普尔剧团,就在眼前这个屏幕里,刚刚出现又消失了,你见过他们吗,伯吉斯?"

亨德森不由自主地瑟瑟发抖,转过头去。

外面一场演出正在进行,音乐、笑声、偶尔的鼓掌声,慢慢进入这间拥挤狭窄的办公室,虽然没有那么吵了,但还是听得见。

经理坐在电话机旁。生意很好,他品尝着雪茄,倚在转椅上,神清气爽地看着他们。

"毫无疑问,两张票都是付过钱的,"经理彬彬有礼地说,"我只能说我们没有看见有人跟他一起入场——"他突然担心地停下来,"他看起来非常虚弱,请尽快把他带离剧院吧,我不希望在演出过程中有任何骚动。"

他们打开门,半扶半抬着亨德森离开,他的背向后朝地面仰下去。一阵歌声从前方传来。

"奇卡 奇卡 轰隆隆 轰隆隆

奇卡 奇卡 轰隆隆 轰隆隆——"

"噢，不要，"他哽咽地恳求，"我受不了这些了！"摇晃着坐进警车后座，他双手交叉，用牙齿咬着它们，好像在试图清醒自己的头脑。

"为什么不干脆承认压根没有人和你一起？"伯吉斯努力说服他，"你没发现那样更容易吗？"

亨德森尝试用理智、平稳的口气回答，但还是不自觉地打颤。"如果我照做了，如你所说承认没人和我一起，你知道下一步是什么吗？我就会疯掉，会不敢肯定生命中的任何事情了。你不能确认自己认为真实的东西——哪怕真实到你的名字叫斯科特·亨德森——"他拍打着大腿，"——真实到这是我的腿，却强迫自己置疑、否定它，而保持精神正常，这怎么能做到？她坐在我身边六个小时，我摸过她的手臂，在我的臂弯里感受过它的存在。"他伸手用力拉了伯吉斯粗壮的手臂内侧，"还有她裙子沙沙的摩擦声，她说过的话，她淡淡的香水味，她的调羹撞击汤盘发出的叮当声，她拉椅子时椅子脚留下的痕迹，她下车时摇晃的出租车底盘。我亲眼看到她举起酒杯，里面的酒去哪儿了？杯子放下时就变成空的了。"他捶打自己的膝盖，三、四、五下，"她在的，她在的，她在的！"亨德森几乎抽泣起来，至少他的五官都挤在了一起，"现在他们告诉我她不存在！"

汽车在梦境中滑行，它已经在这块地方来来回回行驶了整个晚上。

接下来他说了一句极少嫌疑人会说的话，而且是真心实意的一句话："我害怕；带我回拘留所，可以吗？求求你们了，带我回去。我想要四周围着墙壁，可以用手触摸得到，厚厚的、坚实的、没法移动的墙壁！"

"他在发抖。"一位探员略带好奇地指出。

"他需要喝点什么，"伯吉斯说，"停一下，进去给他买点黑麦威士忌，我讨厌看见别人受这样的罪。"

亨德森狼吞虎咽地灌下去，好像十天没有喝过东西了，然后瘫在座椅上。"我们回去吧，带我回去吧。"他乞求道。

"他被鬼上身了。"一位探员笑起来。

"你养了小鬼就会这样。"

没有人再讲话，直到他们再次下车，一起走进总部。他摇晃了一步，伯吉斯扶住他的手臂以保持平衡。"你最好睡一个好觉，亨德森，"他建议，"之后找一个好律师，两者你都需要。"

处决前第九十一天

"……你们听见辩护律师声称被告在谋杀当晚六点十分,在一个叫安塞尔莫酒吧的地方,遇见了一个女人。换句话说,是在警方认定的谋杀时间两分钟四十五秒之后。非常聪明!尊敬的陪审团,女士们,先生们,你们可以立刻看出,如果他六点十分在第五大道的安塞尔莫酒吧,就不可能于两分四十五秒之前在自己的公寓里。任何两条腿的生物都不可能做到在这么短时间内走这段距离,坐车也不可能,坐飞机或船都不可能。所以,我再说一遍,非常聪明。但是,还不够聪明。

"真是方便,不是吗?他就在那晚碰巧遇见这个女人,而不是今年的其他晚上，好像有种预感当时刚好需要她，第六感，难道不奇怪吗？你们听见被告回答我的问题时，承认他没有在其他晚上出去跟不认识的女人搭讪过，在整个婚姻当中都没有干过这样的事。请注意听，一次也没有，这是被告本人的话，不是我说的，你们亲耳听到，女士们先生们。在那晚之前，他从没有过这样的想法，做这种事情不是他的习惯，也不存在于他的本性当中。唯独那晚，他们要我们相信是偶遇。真是便捷的巧合，只是——"

律师耸了耸肩，停顿许久。

"那个女人在哪儿？我们都等待见到她，为什么不带她出来？是什么阻止了他们？是不是他们在法庭上编造了这样一个女人？"

他用食指随机点了一位陪审官，"你见过她吗？"另一位，"你呢？"第三位，在第二排，"你呢？"他做出两手空空的手势。"有谁见过她吗？她在那个证人席上曾经出现过吗？当然没有，女士们先生们，因为——"

再次停顿许久。

"因为不存在这样一个女人，从来没有过。他们不能编造一个不存在的人，他们没有轻轻一吹就变出一个人的魔法。只有尊敬的上帝可以创造出一个成年女性，有正常的身高、体重和身材。而他，要创造也需要十八年，而不是两周。"

房间里哄堂大笑，律师微笑以表示感谢。

"这位先生面临的是死刑判决，如果真有所谓的女性，你们认为他会不把她带来吗?他们难道不让她坐在证人席上,在适当时候出来作证吗?肯定会的,前提是——"

戏剧性的停顿。

"——存在这样一个女人。我们暂且不判断,毕竟法庭距离他声称几个月前遇见她的地方,隔了几英里。一起来听一听同一时间也在现场的人们的证言吧,他们肯定见过她吧?是吗?你们亲耳听到,他们的确见过被告,每一个人都有印象,哪怕记忆模糊,也确实在当晚看过他,斯科特·亨德森。但是记忆止于此,没人见过那个女人,似乎他们眼睛中都有一个盲点。女士们,先生们,你们不觉得有点奇怪吗?我是很纳闷的。两个人一起行走,有两种可能性:一种是两个人同时没有被注意到,一种是两个人同时被记得。如果他们并排前进,怎么可能人类的眼睛会只看到一个人,而对另一个完全视而不见呢?这违反了物理学规则,让人百思不得其解,我无法做出解释。"

他再次耸肩。

"我接受建议,事实上我自己也做了几种假设。可能她的皮肤有罕见的透明度,光线可以透入,人的眼睛也可以穿过而不会——"

笑声四起。

"或者可能根本不在场,如果她当时不在场,他们肯定无法见到她,这很合理。"

他态度和语气骤变,气氛紧张起来。

"为什么这样？让我们来严肃对待这件事，一个人的生命遭到审判，我不拿这个开玩笑，但辩护律师似乎不以为然。我们把假设和理论置之度外，回到事实本身。我们也不要再讨论幻影、小精灵或者海市蜃楼；来谈一谈那位确实存在过的女人吧，玛塞拉·亨德森。每个人都见过她在世时的样子，也看过她去世后的模样。她不是幻影，而是一位被人谋杀的女性，警方的照片可以证明。这是第一个事实。我们看到被告席上那个男人，一直低着头的那位——不，他正抬起头来挑衅地看着我。他在为自己的生命打官司。这是第二个事实。"

夸张的口气似乎在博取信任："相比起幻想，我更喜欢事实。女士们，先生们，你们呢？事实更容易掌控。"

"第三个事实呢？下面是第三个事实。他谋杀了她，是的，这如同前两个，是一个确定的、无法否认的实情。其中每一个细节，都在这间法庭上，被证实过了。我不会问你们，是否像辩护律师一样，相信幻影、幽灵、错觉！"他的音量提高，"我们有文件、宣誓书、证据，来保证我们会为说过的每一句话、走过的每一步路负责！"他的拳头重重砸在陪审团席前的横栏上。

一阵令人畏惧的停顿后，他用更加轻柔的声音继续："谋杀发生前的状况，也就是他们的家庭处境，想必大家都有所耳闻了。被告本人没有否认其准确性，你们听到他确认了；在压力之下，也许不情愿，但还是确认了。对这件事的描述完全属实；这不是我说的,是他本人承认的。我昨天在席上问过他,你们都听见答案。下面我再简要地概括一下。

"斯科特·亨德森在婚姻中爱上别人,当然不是因为这件事被告上法庭的。他爱上的女孩不在庭上,你们也注意到女孩的名字从未被提及,她与这场残忍、不可原谅的谋杀无关,没有被牵扯进来、被迫作证。为什么?因为她什么也没做,不应该陷入这个旋涡。我们在这间法庭上的目的,不是惩罚无辜,使其背负骂名和羞辱。犯罪是他造成的——你们见到的这个男人——应由他一人承担。而不是女孩,她是无罪的。警方和检控方已进行了调查,厘清了她的关系,也未发现她有煽动或者包庇犯罪的行为。她已经遭受得够多了。我们,包括辩护方和检控方,均在这一点达成共识:虽然知道她的姓名和身份,但是我们仅称呼她为'那个女孩',并将一直这样称呼。

"很好。在他坦白自己已婚之前,已经与'那个女孩'陷入了危险的恋爱关系。是的,我说危险,是从他妻子的角度考虑的。早知道事实的话,'那个女孩'是不会跟他在一起的。她是一位正派、善良的女性,每一个跟她谈过话的人都强烈感觉到这点。我自己也这样认为,女士们,先生们,她是一个可爱的人,只是不幸遇见了错误的男人。所以我说,早知道事实的话,她是不会跟他在一起的,她不会伤害任何人。被告也发现鱼和熊掌不可兼得。

"于是,他去找妻子谈离婚,就这样冷血。妻子拒绝了。为什么?

因为对她来说，婚姻是神圣的，而不是短暂的一时风流，随时可以打破。可怜的妻子，不是吗？

"'那个女孩'得知后，建议两人一刀两断，但他不同意，把自己逼到进退两难的境地。他的妻子不愿意放弃他，而他不愿意放弃'那个女孩'。

"他等待机会，决定再尝试一次。如果你认为第一种办法是冷血的，那么如何看待第二种办法呢？他费尽心思去讨她欢心，就像证券公司拉生意的人盛情款待远道而来的客人，试图做成一笔生意那样。这就让你们深入了解到他的个性，女士们，先生们，可见他是有点手腕的，可见失败的婚姻、破碎的家庭、被遗弃的妻子，对他来说不过如此，仅值一晚微不足道的款待。

"他买了两张戏剧票，在一家饭店订了座位，回到家告诉妻子要带她出去。她不懂这突如其来的热情，一时可能误以为两人要和解了，于是坐在镜子前开始准备。

"过了一阵子被告回到房间，发现她依然坐在梳妆台前，并没有做进一步打理。她当时略微意识到了丈夫的目的。

"她说自己不会放弃，并且告诉他家庭的价值实际上远高于两个正厅表演的座位和高级的晚餐。换句话说，不等到他开口，她第二次拒绝了离婚请求。这一次显然酿成了惨剧。

"被告几乎快收拾完了，手里拿着解开的领带，准备好要系到领间。突然间，一股被看穿和凌辱的愤怒涌来，他把妻子的脖子套入领带，用难以想象的残忍和力量，缠绕勒紧直至将她杀死。警官已经告知领带是怎么取掉的，几乎是剥下来的，因为已经嵌入她脆弱的喉颈了。你是否曾经试着双手撕裂这种七层折叠的真丝领带，女士们，先生们？不可能办到；领带边缘会像小刀一样割伤你的手指，却不会断。

"她去世了，仅在一开始挣扎了一两次，然后死在丈夫手里，正是这个男人曾经发誓珍惜她，保护她。不要忘记这点。

"他就那样把妻子勒死了，让她笔直坐在镜子前，看着自己挣扎至死，可以说，漫长的时间，真的很久很久，因为她在被告松手前好一阵子就已经死亡。他确认她死了，真真正正地死掉，再也不会打扰他，而且没有挽回的余地之后——又做了什么呢？

"他有没有尝试挽救她，有没有感到懊悔和遗憾？没有，让我来告诉你们他做了什么。就在那个房间里，他镇定地梳妆完毕，系起另一条领带，来代替之前勒死她的那条；戴上帽子穿好外套，临走前给'那个女孩'打电话。对女孩来说今生最幸运的事情，就是没有接到电话，直到几小时之后才看到这通来电。他为什么要在双手还沾满妻子鲜血时，就开始联系她？不是因为悔恨，不是要坦白自己的所作所为并请求她的帮助和建议。不是的,都不是,而是要在她浑然不知的情况下，利用她做不在场证明，邀请她去看同样的剧，吃同一家饭店。被告可能在这之前把手表向回拨了，打算故意讨论时间，以加深'那个女孩'对时间的印象，从而诚心实意地为他作证。

"在你们眼中,那是一个杀人犯吗?女士们,先生们,难道不是吗?

"但是方法没有奏效,他联系不到女孩,因此又做了下一件好事。他独自出门,毫无人情味地走完为妻子准备的整套流程,从下午六点到午夜,没有落下任何一步。那时他还没想到现在声称的这套故事:出去随便找个人为其做不在场证明,也许是因为内心太激动、太混乱,或者已经想到了却没勇气实施;或者不信任陌生人,生怕自己的行为露出马脚。要么就是感觉做这些为时已晚,他离开公寓后已经浪费了太多时间,一旦超过犯罪发生后的最佳时限,不在场证明就会对他不利。稍作询问就能确认他遇见陌生女人的精确时间,而不是他希望制造的那个时间。他可能都想到了。

"所以有没有更好的办法?那当然就是想象的伴侣了。他身边的幻影——他故意模糊其长相和身份,因此再也找不到这个人,来证明他们实际见面的时间。也就是说,哪一个对他有利:模棱两可的不在场证明还是站不住脚的不在场证明?女士们,先生们,你们自己来考虑。模棱两可的不在场证明无法彻底证实,但一直会有合理性的疑问存在。而站不住脚的不在场证明会自动扇他耳光,没有进一步辩护的余地。这就是最好的办法,从中最能获利,他随之作了决定。

"换句话说,他故意制造神秘感,其实明知这个女人根本不存在，压根找不到人。他心中窃喜，因为证人的消失不见正是他想要的不在场证明。

"总而言之，女士们，先生们，让我来问你们一个简单的问题。一个人需要去回忆另一个人的外貌细节，否则生命危在旦夕，他却一点也记不起来，注意！是一丁点印象也没有！这正常吗？可能吗？他无法回忆她的眼睛颜色、头发颜色、脸的轮廓、身高、体型，或者任何部位。你们设身处地想想，如果你面临审判，可能忘得如此一干二净吗？简直令人震惊！要知道，自我保护是刺激记忆绝佳的催化剂。如果陌生女人真实存在，他真想找到她，却彻底无法描述，你们会相信吗？你们自己去思考。

"我想我已经阐述完毕了，陪审团的女士们，先生们，这是一个简单的案子，问题已一清二楚、毫无疑问。"

他故意拖长声音："法庭指控，你们所见的这个男人，斯科特·亨德森，谋杀妻子罪。

"请求判其死刑。

"结案。"

处决前第九十天

"请被告起立,面对陪审团。

"请陪审团主席起立。

"陪审团的各位,你们达成裁决了吗?"

"已达成,法官大人。"

"鉴于针对被告的指控,罪名是否成立?"

"罪名成立,法官大人。"

被告席传来一声嚎叫:"噢,上帝——不——!"

处决前第八十七天

"刑事罪犯,法庭对你判刑前还有话可说吗?"

"他们认定你犯罪了,但只有你知道自己是无辜的,还有什么好说的呢?谁会听你的话?谁会相信你?

"你们马上宣判我死刑,只要你们让我死,我就一定要死。我不比其他人更害怕死亡,但也是害怕的,和别人一样。死掉并不容易,错死就更可怕了。我不是因为自己的所作所为而死,而是因为一个错误,这是所有死亡方式中最困难的一个。当时间来临,我会尽最大努力去面对;我只能做到这些了。

"尽管你们不会听也不会信,但我现在要告诉所有人:我没有犯罪，没有犯罪！不是所有陪审团的裁决，不是所有法庭的审判，不是所有电椅上的处决——在这个世界上——都会混淆黑白，歪曲事实。

"我准备好听您的判决了，法官大人，准备好了。"

法官席传出一个声音，略带同情："很抱歉，亨德森先生。我从未在宣布判决前听过这么有说服力、这么严肃勇敢的辩护，但是陪审团的裁决使我别无选择。"

同一个声音，提高一个分贝。"斯科特·亨德森，一级谋杀罪罪名成立，我特此宣判电椅处决，于十月二十日开始的一周内，在州立监狱，由典狱官执行。愿上帝收留你的灵魂！"

处决前第二十一天

在死刑囚室一所牢房外,一个声音在走廊低语:"找到他了,在这间。"

混杂着钥匙开门声,这个人提高音量说:"亨德森,有人要见你。"

亨德森既没说话也没动弹,门打开又关上。一阵尴尬的沉默中,他们彼此对视着。

"你大概不记得我了。"

"你会记得杀你的那个人的。"

"我不杀人,亨德森,我只是把罪犯移交到审判他们的人手里。"

"然后你再过来确认他们没有逃走,而是待在原地,精力被一分一秒慢慢耗尽,你就满意了。在这之前很焦虑是吗?来看看吧,我在这里,稳如磐石,哪里也去不了。现在你可以开开心心回家了。"

"你真刻薄,亨德森。"

"一个三十二岁就要死的人的确热情不到哪里去。"

伯吉斯没有回答,没人能巧妙应对这样的情景。他快速眨了眨眼睛,看得出很为难,接着走到狭窄的窗口旁,望向远处。

"是不是很小?"亨德森说,没有回头。

伯吉斯立刻转过身,离开窗口,好像窗子也不待见他。他来到亨德森蹲坐的床铺前,从口袋里掏出什么,问:"抽烟吗?"

亨德森嘲讽地抬起头问:"这些烟怎么了?"

"啊,不要这样。"探员嗓音有些沙哑,但还是把烟递给他。

亨德森勉为其难地拿了一根,与其说想抽烟,不如说是想早点摆脱他,囚犯眼神中依然充满怨恨。在把烟放进嘴里之前,他轻蔑地在袖子上擦了擦烟管。

伯吉斯点上火,亨德森依然冷眉冷眼,隔着微小的火焰,对其投去鄙夷的目光。"怎么了?难道处决日已经到了?"

"我明白你的感受——"伯吉斯语气柔和。

亨德森突然从床板上跳起来。"你知道我的感受!"他爆发了,把烟灰弹到探员脚上,指着说,"这两只脚可以去任何地方!"然后大拇指朝向自己的脚,"但是这两只不能!"他的嘴巴向下凸成圆弧形,"滚出去,滚走!找到下一个谋杀对象再回来吧,挖掘点新鲜的目标,我是二手的,已经被你整过了。"

他重新躺下,沿着墙吐出一圈烟,烟雾到达床铺最顶端就快速增长,返回冲着他涌来。

他们不再对视。但伯吉斯没有离开,依然呆站着,最后终于开口道:"我知道你的上诉被驳回了。"

"是的,我的上诉被驳回了。现在这个案子已经没有问题,毫无阻碍了。篝火仪式已经开始,我会一路畅通地滑下去,食人魔们不用挨饿,他们可以干净利索地给猎物清理内脏,准备下锅。流线式流程。"他转头看着探员,"你遗憾什么呢?因为我的痛苦没法延长,还是我不能死两次?"

伯吉斯皱起眉头,仿佛烟变质了,味道糟糕透顶。他踩灭烟蒂,说:"不要恶意中伤别人,亨德森,我不想和你打架。"

亨德森仔细地打量他,好像第一次在他身上发现了什么,在此之前怒火影响了他的判断力。"你有什么事吗?"他问道,"都过了几个月了,你又像这样回来干什么?"

伯吉斯摸着脖子道:"我都不知道该怎么说,这件事看起来很愚蠢,"他承认,"我知道,在你被大陪审团起诉审判之后,我的工作就结束了,所以现在再提有些难。"他略显尴尬。

"怎么了?没有必要,我只是一个被判了死刑的囚犯。"

"正是因为这个,我过来——呃,我要说的是——"他停了一分钟，随后脱口而出，"我相信你是无辜的。就这样，也许——对你或我——都没有很大意义。我认为你没有杀人，亨德森。"

漫长的沉默。

"说点什么，不要坐在那里盯着我。"

"一个人挖出自己埋的尸体，然后说：'对不起，伙计，我想我搞错了。'我不知道该说什么。你告诉我能说些什么？"

"没错，我也觉得无言以对，但我仍然认为依现有的证据看来，自己的工作没有问题。进一步说，如果再来一次，我还是会这么做。个人的情感不能算数；我的任务是按照具体证据执行的。"

"那什么改变了你对我的定罪呢？"亨德森问，话中还是带刺。

"这和案子的真相一样难以解释，说不清楚。整个过程很慢，需要几周，甚至几个月来让我反应过来，就像水渗入一堆本子那么缓慢。大概是从审判开始的吧，而且是一个反转的过程。当我后来又重新思考的时候，发现一切他们用来给你定罪的东西，都是指向另一个方向的。

"我不晓得你是否能明白我的意思。你对立面的不在场证明都太巧妙、太顺利，看起来太可信了，然而你的都很苍白，站不住脚。你对这个女人没有丝毫记忆，而十岁的孩子都能描述得比你好，我坐在法庭后面听的时候，慢慢地回过神来：嘿，他肯定在说实话！任何谎言，任何一个，都没这么蹩脚的。只有一个无辜的人，才会像你这样搞砸自己的辩护机会。你的生命危在旦夕，但你只想出几个名词形容词来给自己开脱,'女人','帽子'和'有趣',我心里想:'这太真实了。'一个男人在家里气急败坏,选了完全没兴趣的第一个人约会,后来又经历了发现妻子被杀的狂风暴雨,再听见自己被指控杀人——"他意味深长地伸了伸手,"哪一种更有可能:他记得这位陌生人的一丝一毫,还是,仅存的一点记忆被冲掉了,留下彻底的空白?

"到现在我已经考虑了很久,每一次都备感压力。有一次我已经起身到这里来,但又半路折回。我跟里奇曼小姐谈过一两次——"

亨德森伸长脖子道:"我开始看到希望了。"

探员马上说:"不,和你想的不一样!你可能认为是她找到我,并且逐渐说服我的——其实相反。我先去见她,跟她谈话,告诉她我今天跟你说的这些。从那以后,我承认,她来见过我几次——不在总部,而是在我家——我们又谈了几次。但这些都不是关键,不管是里奇曼小姐还是别人,如果我自己没想通,他们说什么也没用,即使有改变,也是我自己的原因,与外界无关。今天来见你,是我的主意,而非她提议。她并不知道我要过来,我也没计划——但我还是在这里了。"

他开始来回踱步。"好了,心里的石头终于落下了,但我也不后悔之前做的那些,我别无选择,只能那样做,毕竟我的工作是依靠证据说话的,任何一个人都无能为力。"

亨德森没有回答,眉头紧锁地盯着地板,若有所思,看起来没有先前那么愤愤不平了。伯吉斯踱来踱去的影子在他身上忽隐忽现，即使这样，他也不曾抬头。

这时影子停住，他听到硬币在口袋里叮当作响。

伯吉斯的声音传来："你必须找到能帮助你的人，一个专门帮你破案的人。"

他继续摆弄着硬币。"我不行，我有自己的工作。噢，我在电影里看到过，那种名侦探会放弃一切进行自己的副业，但我有妻子小孩，需要一份工作。毕竟我们两个也是陌生人。"

亨德森依旧低着头，默默地小声说："我不会让你去的。"

伯吉斯的叮当声终于消失了，他走到亨德森身旁，说："找一个和你很熟的人，就完全足够了——"然后他握紧拳头，承诺道，"——我会尽我所能支持他。"

亨德森第一次抬起头，又垂下来，沮丧地说了一个字："谁？"

"需要一个可以投入热情和信念的人，做这些不是为了金钱和升职，而是为了你，因为你是斯科特·亨德森，别无其他原因。因为他喜欢你，甚至爱你，不惜为你付出生命。他可以被打败，但不会放弃；即使太迟，也愿意为了一丝希望努力。这件事情需要他有这样的劲头和精力，才能拯救你。"

他说着，手放在亨德森肩膀上，以示对这份坚持的赞誉。

"我知道，有一位姑娘对你有这样的情感，但她只是个弱女子，虽然有冲劲，但没有经验。她已经尽力了，只是还不够。"

亨德森黯淡的表情第一次缓和下来,眼神里露出一丝对里奇曼小姐的感恩,虽然在场的是伯吉斯。"我原本知道——"他低声说。

"你需要一个男人,这个男人非常有经验,又对你有如此情感。你一定认识这样的人,每个人生命中都有这么一个人。"

"是的,那是一开始的时候,和其他人一样,我以前是有的,但随着年龄的增长,好像半路都丢掉了,尤其结婚之后。"

"我说的这种人是不会丢掉的,"伯吉斯坚持,"你是否与他们保持联系都无所谓,只要曾经是那样的关系,就一定不会变。"

"曾经是有一个人,他和我情同手足,"亨德森承认,"但那是以前——"

"友谊是没有时间期限的。"

"不管怎样,他现在不在这里,上次见这个朋友,他说第二天要出发去南美,与一家石油公司签订了五年的合同。"

他朝探员转过头,说:"你在这个行业工作,是不是有些误解从没有人给你纠正?我可以这样索取吗?指望一个人立刻从三千英里之外的地方赶回来,放弃眼前的全部事业,来替一个朋友说话,而且别忘了,还不是现在的朋友。一个人年龄越大,脸皮越厚,也不再向往什么理想主义。三十二岁的这个人已经不是当年他二十五岁时的好朋友了,你对他来说也是一样的。"

伯吉斯打断他的疑问:"只回答一个问题,他以前会这样做吗?"

"他以前会这样做。"

"那么如果他以前会这样做,现在也会。我再告诉你,赤胆忠心是没有年龄界限的,如果他有,就一直有,如果没有,就永远不会有。"

"但这是不公平的测试,障碍设置得太高了。"

"如果他是那种会把你的性命和五年合同相提并论的人,"伯吉斯反驳,"他对你来说就没什么好处了。如果他不是,那么就是你需要的那个人了。在你否定之前,为何不给他一个机会试试看?"

他从口袋里掏出一本备忘录,撕下空白的一页,平铺在膝盖上,脚靠着床边缘。

输送带29 22 通过国家电报局发送= ——, 9月20日
夜间电报 约翰·隆巴德=

萨得麦瑞肯石油公司
总部,加拉加斯,委内瑞拉

你走后因玛塞拉之死判刑若找到关键证人可除罪律师已无证据请求回国援助死刑定于十月第三周上诉驳回走投无路帮我好吗

斯科特·亨德森

处决前第十八天

他身上还有在温暖地区晒黑的痕迹,他回来得太快了,以至于肤色还没有恢复过来,如同现代人旅行通常的样子;他带着感冒从西海岸飞到东海岸,还没等脖子上的疮三天后破掉,就从里约来到了拉瓜迪亚菲艾洛。

他看起来和曾经的斯科特·亨德森一样大——五六个月前的斯科特·亨德森,而不是身上钉着死刑标签,在牢房里数日子的死囚犯。

他依然穿着在南美换上的衣服。一顶白色阔边草帽,现在在这里已经过季了;灰色法兰绒套装,对于美国的秋天颜色太浅,厚度也太薄了，需要委内瑞拉阳光热烈照射，才能没那么显眼。

他中等身高，行动敏捷；做什么都毫不费力，你可以想象他追赶一辆汽车，哪怕有一个街区那么远，对他来说都轻而易举。虽然他身着春装，但穿衣打扮一点也不讲究。八字小胡须上可以立一把剪刀，领带从头到尾都皱在一起，像螺旋的棉花糖，需要熨烫。简单来说，他给人的印象，比起与女士在舞厅跳舞，更适合领导一队工作人员或者下国际象棋。如果准确的话，他气质里透露的严肃正说明了这些。在过去分类简单的年代，他这种人被称为更受男人欢迎的男人。

"他怎么样？"他边低声问守卫，边跟着走过一排牢房。

"就那样。"意思是，你能指望怎么样？

"就那样，哦？"他摇摇头，压低嗓音，"可怜的家伙。"

守卫到了，打开门。

他退后一步，吞了一口气，仿佛在清理喉咙，然后走到牢房栅栏前。他嘴角挤出一丝微笑，走进房间，双手伸在前方，好像在萨沃伊广场的休息室里偶遇他。

"看看你，亨迪，"他慢吞吞地说，"你在干什么？开什么玩笑？"

与那天探员前去拜访不同，亨德森的反应里没有丝毫怨恨，你能看得出这位是老朋友。他苍白的脸露出喜色，友好地回答："我现在住在这里了，你觉得怎么样？"

他们一直握着手，就像从来没握过一样，直到守卫锁门走掉，还不舍得分开。

紧合的双手传达着彼此的情感，哪怕没有语言，也心意相通。亨德森内心是一种强烈的感激："你来了，你真的出现了，果然真正的朋友不是虚有的。"

隆巴德心里在热情地鼓劲："我和你同在，不把你救出来我就该死。"

之后几分钟，他们避开正题，聊了与这件事无关的所有事情，生怕这个话题太生硬、太一针见血，让人局促不安。

因此隆巴德说："哎呀，到这里的火车真脏。"

亨德森回道："你看起来很不错，杰克，你一定很适应那里。"

"适应，见鬼！别提了，那些肮脏、倒霉的洞！食物糟糕透了！还有蚊子！我竟然签了五年合同，真是笨蛋。"

"但是我觉得收入肯定不错，是不是？"

"没错，但我在那里要这么多钱有什么用？没地方花，就连啤酒都是煤油味。"

亨德森喃喃自语："搞砸了你的事业，我感觉过意不去。"

"你是帮了我的忙，"隆巴德大度地反驳，"不管怎样，合同还在的，我只是骗到了假期。"

他稍等片刻，最后终于绕到主题上；这个主题一直在两人脑海中盘旋。他避开朋友的目光，盯着其他地方，问道："这件事到底怎么样，亨迪？"

亨德森试图微笑："三十班的一员两周半之后要参加电学实验，他们要在年鉴里叫我什么？'最可能在报纸上听到他的名字。'不错的猜想，那天应该每一版都有我。"

隆巴德愤愤不平地盯着他，说："不，你不会的，别再瞎胡闹，我们认识彼此半辈子了；也该放下身段，不要装客套了。"

"好，"亨德森绝望地答应，"管他的，生命太短暂。"后来才意识到不经意的这句话很符合现在的处境，无奈地咧开嘴笑。

隆巴德半个屁股坐在角落洗脸池的边缘上，一条腿放松下来，双手抓住脚踝抬起来，若有所思地说："我只见过她一次。"

"两次，"亨德森纠正道，"我们在街上碰到过你，记得吗？"

"对，想起来了，她一直在后面拉你的手臂，几乎要拽断了。"

"她正要去买衣服，你知道逛街之于女人的重要性，风雨无阻——"他继续替这位已经逝去的人道歉，完全没意识到这已经毫无意义了，"我们一直想请你吃饭，但不知道——莫名其妙地就没提起来了，你懂的。"

"我懂，"隆巴德相当理解，"没有妻子喜欢她丈夫的婚前好友。"他掏出香烟，像在聚会上一样，扔过狭窄的牢房，"别介意，这个烟是在南美买的，可能会让舌头肿起来，嘴唇上也会长泡，里面一半火药一半杀虫剂。我还没时间换回美国的烟。"

他深深吸了一口，说："我觉得你最好给我讲讲事情经过。"

亨德森在门口一声叹息："是的，最好讲讲。我已经讲了无数遍，做梦都能倒背如流了。"

"对我来说还是一头雾水,好像一块没有写字的黑板,所以尽可能不要漏掉任何细节。"

"我和玛塞拉的婚姻只是序曲,根本不是重点。男人都不愿意承认,哪怕对朋友也一样,但这里是死囚房,好像隐瞒事实也很愚蠢。大概一年多前,故事女主角突然出现,只是对于我来说太迟了。你从没见过她,也不认识她,所以我也没必要提她的名字。他们在法庭上也相当照顾我们,没有公开她的身份,只是叫她'那个女孩'。现在我也一样,就叫她'我的女孩'吧。"

"你的女孩。"隆巴德赞同,双臂抱在胸前,香烟从手肘后面伸出来,表情严肃地盯着地板,仔细聆听着。

"'我的女孩',可怜的姑娘。这就是真爱吧,真真实实存在的东西。如果你未婚,它降临了,那你是安全的;或者你的婚姻本身碰巧是它,那更好,幸福属于你;或者你结婚了,它一直未出现,那你依然很安全,哪怕一直迷迷糊糊没意识到;但当你已婚,一切都太迟的时候,它才到来,你就要当心了。"

"你就要当心了。"隆巴德边沉思边低语道,口气里带着些许同情。

"它是个纯粹的小东西。第二次见到'我的女孩'时,我把玛塞拉告诉了她。那本来应该是我们最后一次见面,甚至第十二次见面的时候我们还在发誓以后不能再见了。我们试图离开彼此——

就像铁试图离开磁铁那么难。

"我们开始不到三十天,玛塞拉就知道了这件事,是我去告诉她的。要知道,这不是什么突然的晴天霹雳。她只是笑了笑,坐等事态变化,好像在看两只关在玻璃杯里的苍蝇。

"我找她请求离婚,她又开始慢慢悠悠、心有所想地笑,我看得出来在那之前,她似乎从来没有重视过我,刚好那件事让她清醒过来。她说需要考虑一下,我给她时间考虑,几周几个月过去了,她不紧不慢,就那样吊着我。我时不时会看到那慢悠悠的嘲笑,她是我们三个中唯一一个享受其中的人。

"这简直让人痛苦至极,我是个成年人,想要'我的女孩'。我不想被耍,不想婚外情,只想要自己的妻子,而家里的这个女人,不是我的妻子。"

面前的双手,哪怕至今还会颤抖。

"'我的女孩'对我说:'一定有办法的。我们在她手里,她深知这点,你这边态度阴郁沉闷是错误的,这只会带来她同样沉默的反对。去找她,像对待朋友一样,带她出去一晚上,推心置腹地谈一谈。像你们这样曾经相爱的人,哪怕感情淡了,也一定会念旧情。你一定能触到她心中柔软的部分以及对你的温存,让她明白离婚无论对她自己,还是对我们,都是最好的选择。'

"所以我买了一场戏剧的票,跟餐厅订了座位,这家餐厅我们婚前也经常去。然后回家说:'我们一起出去好吗?像往常一样度

过今晚。'

"慢悠悠的笑容又出现了,她说:'为何不呢?'我去冲澡,她坐在镜子前开始化妆,跟我熟知的步骤一样,先这样再那样的。我在淋浴里还吹起口哨,当时感到非常喜欢她,我意识到了问题所在:我一直喜欢她,并误以为这就是爱。"

他让香烟从手里掉下来,用脚踩灭,并一直凝视着它。"她为什么不立即拒绝?为什么让我高兴得吹口哨?为什么透过镜子观察我费尽心思地整理头发?看到我外套口袋里手帕的样子幸灾乐祸?看着我六个月来第一次欣喜若狂?为什么她一开始就没打算去,却假装要去呢?因为这就是她的方式,就是她,喜欢看我被吊在半空中的样子。无论大事小事,她一向如此。

"我一点点明白过来,通过她镜子中的笑容、她假装准备却什么也没准备好的样子。我手里拿着领带,正准备戴上。最后她停下来,手不再动,只是坐在那里一动不动,脸上的笑容继续,那是一种对待恋爱中男人的笑,而这个男人只能深陷痴爱,任你摆布。

"故事有两个版本,他们的和我的,到这一刻两个故事一模一样,没有丝毫差别。他们没有编造任何一处细节,我在那里的每一个微小动作,都记录在案。他们的调查工作非常到位,毫无纰漏。但就从我站在同一面镜子前,手里拉着展开的领带那一刻,故事开始天差地别,就像六点钟的时针,我的往这个方向发展,他们的就往一百八十度反方向发展。

"现在我告诉你我的版本,也是真实的故事。

"她等待我发问,这就是她坐在那里一言不发的目的,同样的笑容,静止的双手,故作镇定地叠放在桌子边缘。凝视片刻过后,我终于问了,说:'你不去了吗?'

"她大笑,笑得前仰后合、弯腰捧腹,久久不肯停止,直到那个时候我才知道原来笑也是一种恐怖的武器。我可以看到自己的脸,透过镜子,在她的脸上方,已经变得铁青。

"她说:'但不要浪费票子,为什么要把好好的钱扔掉呢?带她去吧,她可以看剧,可以吃晚餐,可以完全拥有你,只是唯独不能以她想要的方式。'

"那是她的回答,从那以后一直会是这样的答案,我当时就知道了,一辈子,永远都会这样——多么可怕又漫长的时间!

"接下来,我气得咬牙切齿,抽回手臂,虽然手里的领带就在她下巴旁边,但根本没有绕在她的脖子上,我也不记得领带去哪儿了,一定是掉在地上了。

"我从来不会对人施加暴力,我压根不是那样的人,她简直在故意激怒我,我不晓得为什么,也许因为她心里清楚自己很安全,我没有能力那样做。她在镜子里看得见我,当然不用回头,嘲讽道:'来吧,打我,击球的凯西!即使这样也帮不了你,无论你是高兴还是痛苦,平心静气还是暴跳如雷,什么也帮不了你。'

"然后我们都说了些不该说的话,和其他人一样,但只是口水

战,仅此而已,我没动过她一根毫毛。我说:'你不想要我;到底为什么吊着我?'

"她说:'你迟早有用,防盗贼也行。'

"我说:'从今以后的确就这样了。'

"她说:'有什么区别吗?'

"我说:'倒是提醒了我,这是给你的。'我从钱包里掏出两美元,扔在地上,说:'这是跟你结婚付你的钱,楼下街头卖艺的我也会给点。'

"是的,很低俗,不堪入耳。我抓起帽子和外套,快步走出门,离开的时候她仍然对着镜子大笑。她在笑,杰克,没有死掉。我也没有碰她,笑声一直到我关门后都没停止,好像一种驱动力把我赶出来,我车也没来得及叫,直接步行出门了。我感觉快要被逼疯了,迫不及待赶紧逃出来。我走到第二个楼梯时笑声还阴魂不散,直到最后终于消失了。"

他停了很长一段时间,直到回忆的一幕慢慢散去,才回过神来,继续讲述。豆大的汗珠在他紧皱的眉宇间流淌。

"我回来的时候,"亨德森平静地说,"她已经死了,他们说是我干的,根据她的手表可见,谋杀发生在六点零八分十五秒。一定是在我摔门而去十分钟之后发生的,一想到这个我现在仍感觉毛骨悚然,凶手当时肯定已经藏在公寓大楼里了,不管他是谁——"

"但你说下楼时只有你一个人?"

"他可能躲在最后一层，在我们这层和楼顶之间，我不知道，也许他都听见了，甚至看着我离开，或者我摔门摔得太用力，门反弹开了，他趁机进入。玛塞拉一定没听见他进来，或许笑声太大遮住了其他声音，等到后来一切都太晚了。"

"听起来像是有人跟踪，你觉得呢？"

"是的，但是为什么？警察一直想不出为什么，所以也没有往那方面调查。不是入室抢劫；没有东西丢掉，她面前的抽屉里有六十美元现金，就露在外面；没有打斗的过程，她正死在自己坐着的位置，尸体也留在原位。"

隆巴德说："可能本来是有计划进行什么的，但在实施之前受到惊吓，可能是外面有声音，也可能被自己的犯罪吓到。类似的事情发生过无数次。"

"这样也不对，"亨德森没精打采地说，"她的钻石戒指没戴在手指上，一直放在梳妆台面上，也没有首饰盒，他只需要逃跑的时候顺手牵羊。无论是否受到惊吓，这能用掉多少时间？但它还在原处。"他摇头，"该死的领带，它是从架子上其他领带下面抽出来的，架子在衣柜很深的位置。这条领带和我身上其他行头绝配，当然，因为是我自己选出来的，但我没有拿它勒玛塞拉。当时吵架吵得热火朝天，我不记得我把领带扔在哪儿了，肯定是不小心掉到了地上。随后我就抓起上班戴的那条，搭在领子上，夺门而出。后来凶手悄悄进房间，想要袭击她的时候，发现了领带，捡起来——

天知道他是谁，为什么要杀人！"

隆巴德说："可能是冲动谋杀，毫无借口，在外面闲逛无所事事的疯子，突然产生一种为了杀人而杀人的欲望，受了你俩暴力场面的刺激，尤其发现门没关上，可以把犯罪嫁祸给你，这样大家都以为是你杀的人。你知道的，确实有类似的事情发生过。"

"如果是这样，他们就永远抓不到他，这种类型的杀人犯是最难调查的，只有一些侦探怪才或碰到好运才能破案。有一天他们因为其他案子将他捉拿归案，他顺便供认了这起谋杀，他们才略知一二，很久之后我才能脱罪。"

"你电报里提到的关键证人是怎么回事？"

"现在我要开始讲这个人，这是整个事件中唯一一丝希望，即使他们抓不到嫌犯，我也可以以此证明清白。这起案子中两个调查结果不一定相同；它们可以分开并截然不同，但各自合理有效。"

说着，他不停用拳头捶打自己的手掌："我们此时此刻在牢房里讨论的这个不知身在何处的女人，只需要告诉他们在距离我家八个街区的某个酒吧我们见面的时间，就可以洗脱我的罪名。当时是六点十分，我知道她也知道；不管她是谁、在哪里，这个人就是知道。他们模拟过这个过程，我犯罪之后，不可能在那个时间赶到酒吧。杰克，如果你想帮我，想把我救出来，就必须找到这个女人，她本人就是答案。"

隆巴德久久未语，最后说："到现在为止，你们是怎么寻找她的?"

"都找过了,"他绝望地答道,"所有的办法都用过了。"

隆巴德走过来,浑身无力地瘫坐在床的边缘。"哎呀!"他边对着紧扣的双手吹气,边说,"警察找不到,律师找不到,所有人都没有成功,这还是在案子刚发生的时候,用尽他们需要的全部时间——我能有多少可能性?现在案子也结了,几个月过去了,还剩下十八天!"

守卫来了,隆巴德站起来,手从亨德森弯垂的肩膀上滑下来,转身打算离开。

亨德森抬起头。"你不想握手吗?"他声音颤抖地说。

"为什么?我明天还会来。"

"你的意思是会试试看吗?"

隆巴德转过身,狠狠瞪了他一眼,仿佛被这么愚蠢的问题激怒了。"你凭什么觉得我不会?"他怒吼道。

处决前第十七、十六天

隆巴德在牢房里来回踱步，双手插在口袋里，低头看着脚，好像第一次发现自己会走路似的，最后停下来说："亨迪，你必须努力想想，我不是魔术师，没法从一顶帽子里把她变出来。"

"听着，"亨德森乏力地说，"我想过无数遍了，想得都恶心了，哪怕做梦都在想，但实在挤不出更多细节了。"

"你难道没看过她的脸吗？"

"肯定看过很多次，但没有记住。"

"我们从头开始，再顺一遍，不要那样看着我，我们没有其他办法。你走进酒吧的时候她已经坐在吧台椅子上了，尽量跟我说说你对她的第一印象，试着把当时的场景重温一遍。有时短暂的第一印象比后期刻意的研究更加形象。那么，你的第一印象是？"

"一只拿蝴蝶脆饼的手。"

隆巴德表情严厉地看着他说："你怎么离开吧台椅子，走过去和人家搭讪，却不看对方的脸呢？抽时间你得教我这一招。你知道是一位女士对吗？知道自己不是对着一面镜子讲话，那么你怎么意识到是一位女士的呢？"

"她穿着裙子，所以是位女士，她没有拄拐，所以身体健全，我只注意到这两件事。跟她在一起的时候，我心里一直想的是'我的女孩'，还能指望我告诉你什么呢？"亨德森反而恼羞成怒了。

隆巴德没有答话，等两人平静下来后，他接着说："她的声音是什么样子的？能从中得到信息吗？比如，她是哪里人？背景如何？"

"受过高等教育，城里人，她和这里的人说话一样，纯粹的大城市口音，跟白开水似的，平淡无奇。"

"如果你听不出任何口音的不同，这里就是她的家乡，不管有没有用知道了就好。出租车，有什么印象？"

"没有，四个轮子跑。"

"饭店呢？"

亨德森不耐烦地拱起脖子，说："没有，没有用的，杰克，想不起来，真的不行，她吃饭聊天，就这些。"

"聊的什么？"

"记不住了，一个字也想不起来，我原本也没打算记住，只是想打发时间，远远地保持安静。鱼肉很好吃，战争难道不恐怖吗？不，她不想再抽一根烟了，谢谢。"

"你要把我逼疯了，看样子你真是爱着'你的女孩'。"

"是的，爱着，别提这个。"

"那么剧院呢？"

"只记得她站在椅子上；我已经告诉你三遍了。你自己都说这无法判断她的样子，只能说明那一刻她做了什么。"

隆巴德凑近说："是的，但她为什么站起来？你一直解释不出，你提过幕布没有落下，一个人不可能无缘无故那样站着。"

"我不知道她为什么站起来，我又没钻到她脑袋里。"

"从你提供的信息看来，你也没钻到自己脑袋里，好吧，我们过会儿再谈这个。一旦知道了结果，原因早晚会挖出来。"他暂停对话，让彼此喘息片刻。

"至少她站起来的时候，你是看着她的吧？"

"这种看只是机械的动作，眼睛瞳孔的运动，而不是利用脑细胞，用心地看。我机械地看了她一晚上，但从没用心看过。"

"真是折磨，"隆巴德愁眉苦脸地说，鼻子和眉毛几乎皱在了一起，"从你身上我是没辙了，但一定有其他人能提供线索，一个当晚看见你们两个的人。两个人不可能待在一起六小时，连有印象的人都没有。"

亨德森皱着眉头苦笑："我也这样想，却发现自己错了，那晚整个城镇人的眼睛一定都出现了问题，被他们搞得有时我都怀疑是否真有这样一个人，还是她是我自己的错觉，一时脑热幻想出来的角色。"

"快别那样想了。"隆巴德厉声道。

"时间到了。"外面一个声音传来。

亨德森站起来，捡起一根烧黑的火柴棒，走到墙边，墙上有并列的一排排焦黑的痕迹，上面几行全部交叉成字母X；最后几行单独向下划去。他又添了一笔，形成了一个X。

"这个也停下来！"隆巴德说着，狠狠地向手掌吐了几口，冲上去用力地把墙擦干净，全部的印记，交叉的、没交叉的，立刻消失了。

"好了，过来。"他说，掏出铅笔和纸。

"我还是站着吧，"亨德森说，"床边只能坐一个人。"

"现在你知道我要什么了吧，新的没有被调查过的线索，二级目击者，那些没有被传唤到法庭上，被警察和你的律师格雷戈里忽略的人。"

"你要不了太多，相隔一级的幽灵，二级幽灵是通过一级幽灵的信息帮助我们的，我们最好有一个灵媒。"

"我无所谓他们是否和你们在大街两边擦肩而过，关键在于，我想尽可能做第一个找到他们的人，而不想要别人的残羹剩炙。我们一定可以在什么地方找到切入点，还你清白，再微弱的线索也没关系。我要列一个名单，好啦，开始吧，酒吧。"

"无法逃避的酒吧。"亨德森叹息。

"酒吧服务生已经调查过了，除了你们两个还有谁在里面？"

"没有。"

"慢慢来，不要着急，这事情越着急，越适得其反。"

（四五分钟过去了）

"等等，包间有个女孩转头看过她，我是在我们离开的时候注意到的。有用吗？"

隆巴德的铅笔移动着。"这种类型的线索，正是我想要的。关于这个女孩还有什么信息？"

"没有了，比那个女人的还要少，只是一个回头而已。"

"继续。"

"出租车，也调查过了，司机在法庭上引人发笑。"

"接下来饭店，这个白楼餐厅是不是有个衣帽保管员？"

"她是证人里少有的几个的确没见过她的，因为我走到衣帽台时是一个人；幻影女子独自去了化妆室。"

隆巴德的铅笔又开始移动。"那里也应该有服务员，当然，既然她和你一起时没有人注意，单独一个人更不可能被注意到。饭店里有没有人回头？"

"她是单独加入我的。"

"下面是剧院。"

"有一个门卫留着搞笑的八字胡，像钓鱼钩，我记得很清楚，盯着她的帽子看了好久。"

"好的，他算一个。"

他草草地记下来，又问："引座员怎么样？"

"我们迟到了，黑暗中只有一个卡片灯。"

"不行，那么舞台呢？"

"你指演员吗？恐怕演出进行得太快了。"

"她那样站着，肯定有演员看见吧，警察询问过他们吗？"

"没有。"

"去查一下也无妨，我们不能漏掉任何一个细节，明白吗？任何一个。即使当晚你旁边有个瞎子，我也想——怎么了？"

"嘿！"亨德森突然说。

"什么？"

"你刚让我想起来一些事。一个是我们临走的时候有个乞丐跟在身后——"他看到隆巴德用铅笔潦草写着什么，不可思议地质问道，"你在开什么玩笑？"

"你以为是开玩笑吗？"隆巴德面不改色地说，"那就等着瞧。"又竖起笔来写。

"就这些，没有更多信息了。"

隆巴德把名单放在口袋里，站起来说："我会取得进展的！"他神情严肃地承诺，然后过去用力捶铁栅，让看守放他出去。"别再盯着那面墙了！"他补充道，捕捉到亨德森下意识的眼神，方向是墙上被擦掉的记号。"他们不会把你带到那边去的。"他用大拇指指着走廊自己要走的反方向。

"他们说会的。"亨德森嘲讽地低声说。

私人专栏，所有报纸：

"5月20日6点15分左右，一位年轻女士与同伴坐在安塞尔莫酒吧一个靠墙雅间内，曾经目送一位戴橘色帽子的女士离开，当时这位年轻女士面朝后方。如果记得，请劳驾立即与我取得联系，这关系到一个人的性命。所有回复都会被严格保密。请联系J.L.，654邮箱，由本报转交。"

没有回复。

处决前第十五天

隆巴德

一个衣衫不整、蓬头垢面的女人打开门,她的眼睛被泛白的头发盖着,身上有股卷心菜的味道。

"欧班农?迈克尔·欧班农?"

未等他继续说话,便听到:"听着,我今天已经去过你办公室一次了,那里的人说宽限到星期三,我们没有想骗这个穷得叮当响、迫切需要钱的公司,它肯定只剩下最后五万美元了,肯定!"

"女士,我不是来收债的,只希望跟迈克尔·欧班农谈一谈,他春天曾经在卡西诺剧院当过门卫。"

"是的,我记得他做过那份工作,"她语气不太友好,稍微转过头,抬高音量,好像故意希望隆巴德以外的谁能听见这番话,"他们失去一份工作,从来不会挪挪屁股费点力气再找一份,而是坐等工作找到他们头上!"

房屋内传来一声像极了训练有素的海豹发出的嘶哑咕噜声。

"迈克,有人找你!"她大喊,然后对隆巴德说,"你最好自己进去找他,他脱了鞋子。"

隆巴德走过一个如同铁路那么长、好像没有尽头的大厅,但最终在一间入口摆着油布桌子的房间停住了。

他的拜访对象懒洋洋地躺在侧面,身体悬空架在两张直立靠背的木椅上,没有支撑的部位向下弯曲。他不仅仅脱掉了鞋子;实际上,他上身只穿了一件浅棕色工作服,袖子到手肘长度,外面是一对裤子背带。对面的椅面上有两只白色脚趾的袜子,歪歪扭扭地立着。隆巴德进来的时候,他把一份粉色的赛马信息报和一个脏兮兮的烟斗放在一边,随和地低声问道:"先生,能为你做什么吗?"

隆巴德将帽子放在桌上,不请自入地坐下。"我的朋友想要联系一个人。"他有所保留,因为提前提到死刑或警察询问,会吓到这些人,不利于调查;他们万一受到惊吓,就算有线索,也会隐瞒实情,"这个人对他很重要,意味着他生活的全部,这就是我来的原因。五月份的一个晚上,你还在剧场工作的时候,还记得有一男一女在门口下了一辆出租车吗？当然你为他们开过门。"

"我给每个开车过来的人开门，这是我的工作。"

"他们有点迟到，可能是当晚你接待的最后一批人。这位女士戴了一顶亮橘色的帽子，非常特别，上面竖着一根细长的羽毛，下车的时候因为离你太近，扫过你的眼睛。随后你就慢慢地、从一边到另一边盯着看，你也知道，东西靠得太近往往看不清是什么。"

"你找对人了，"他的妻子从门口不高兴地插话，"只要是漂亮女人，他都会看，不管看不看得清！"

两个男人都没有答话。"男的看见你这样做，"隆巴德继续说，"碰巧注意到，就告诉了我。"他的手按在油布上，倾过身来，"想得起来吗？能回忆出来吗？你到底记不记得她？"

欧班农笨拙地摇摇头，咬住上嘴唇，又摇摇头，面露一副责备的神情，说："你知道你在问什么吗，老兄？每天晚上所有这些脸！女士和先生几乎都是一对对的。"

隆巴德还是朝他斜着身子，好像自己强烈的注视能让他想起什么，他说："试试看，欧班农，回忆下，试着想想好吗，欧班农？这对那个可怜的人来说非常重要。"

妻子慢慢靠过来，但没有说话。

欧班农再一次摇头，这次很坚决。"没有，"他说，"在那里工作的全部时间，在我为其开过车门的所有人里，我现在只记得一个人，这人一晚上都是自己，而且满身酒味，因为我开门的时候，他脸朝地摔下去，我用手臂扶住——"

隆巴德猜到这番不必要的回忆下面是什么剧情，于是立马站起来打断："你想不起来，确定吗？"

"想不起来，确定的。"欧班农又伸手去拿冒着烟的烟管和赛程图了。

妻子在他们身旁，刚才一直一脸疑惑地打量隆巴德，舌尖在嘴边打转似乎有话要说，现在她说了："他如果能想起来的话，我们有什么好处吗？"

"当然，如果你能给我想要的信息，不用提，肯定有报答的方式。"

"听见了吗，迈克？"她扑过去抓住丈夫，像是要打他，开始用力地摇晃他一只肩膀，仿佛在和面或者按摩，"想呀，迈克，想！"

他试图躲开她，手臂护住头部，叫道："你这样摇，好像我是一艘空船，怎么能想得起来？就算还记得，也是记忆模糊，全被你晃没了！"

"哎——应该不可能了。"隆巴德叹息，转身失望地沿着大厅长长的走廊走下去。

他听到她在身后的屋里，恼怒地痛哭起来，继续摇晃丈夫僵硬的肩膀："看看，他走了！噢，迈克，你怎么了！这个人只是让你想些事情，你却连这个都做不到！"

她一定在拿他的东西泄愤,接着一阵痛苦的咆哮传来:"我的烟管!我的赛程图破了!"

隆巴德关上大门的时候,他俩还在剧烈地争吵,这时突然莫名其妙地安静了,隆巴德开始下楼,脸上闪过一丝心照不宣的神情。

果然,过了一会儿,大厅里传来急促的脚步声,紧随其后,门打开,欧班农的妻子在楼梯口匆忙地叫他:"等一下,先生!请回来!他想起来了!刚刚想起来!"

"哦,是吗?"隆巴德不形于色地说,停下来扭头看她,但没有上楼梯,他掏出钱包,用大拇指在边缘摸索,"问他那个女人的手臂吊着的是黑色还是白色的吊带?"

她进屋完整地传达了问题,并拿到答案,低头回答隆巴德,口气中略带犹豫:"白色———一整晚都是。"

隆巴德收起钱包。"错了。"他坚决地说着,继续下楼。

处决前第十四、十三、十二天

那个女孩

引起他注意之前,她已经在椅子上坐了几分钟了,这更加奇怪,因为酒吧里只有零零星星几个人,她的到来本应该引人注目。这只能说明她是多么低调地靠近并且坐下的。

他刚刚换班不久,仅在进入吧台交接好工作之后,她便来了,似乎掐表算准时间故意为之:跟他同时到达酒吧。可以肯定,当他踏出更衣间,穿着硬挺的夹克,扫视自己的服务区域时,她还不在。不管怎么说,在服务完吧台另一端的一位男士后,他终于觉察她安静地坐在那里,便立刻走过来。

"要点什么，女士？"

他感到她的眼睛直勾勾地盯着自己，但瞬间又发觉可能搞错了，是错觉作怪，因为所有顾客都会在点单时看着他，只有通过他才能得到饮料。

尽管如此，她的眼神里有点不同；虽然他以为是错觉，但这种印象又一次袭来。这是一种私人的眼神，独立存在，点单是附属品，而不是点单之余随便看一眼。目光是冲他来的，对着这位卖酒的男人，似乎在说："留意我，好好记住我。"

她点了威士忌加水，他转身调酒的时候，她也一直盯着他。他一度感到迷茫和困惑，不明白这奇怪的注视意味着什么，但这想法稍纵即逝，没有为他带来困扰，只是一刹那就消失了。

一切刚开始。

他拿来饮料，马上转身服务别人。

一段时间过去了，他没再想她，把她彻底忘掉了；这期间她本可以有些微小的位置变化，比如手动一下、杯子举起来或移动、环视屋里的其他地方。然而没有，她一动不动，像一片女孩的肖像剪纸一样，固定在座位上。饮料没有喝，放在他递过来的原位。只有一个地方动了：眼睛。她的眼神跟着他一起移动。

他中间停下工作，又一次捕捉到它们，这是从开始他发觉之后他们第一次对视。毫无疑问，他觉察到它们一直跟随着自己。他感到困窘不安，完全理不清头绪，偷偷朝镜子看了一眼，确保自己的面容或夹克没有问题,的确没有,和往常一样,除了她没有人那样坚定不移地看过他,怎么也解释不通。

毋庸置疑,注视是故意的,因为他去到哪里,眼睛就跟到哪里,而且眼神不是黯淡呆滞、心不在焉、忧心忡忡地碰巧投射到他身上,而是有智慧的,专门为他存在。

自从他意识到这个特别的注视,就再难忘记了。她的目光一直萦绕在他心头,令他茫然费解。每当他以为女孩的目光已经移开,便偷偷地观察时,总是撞到其一成不变的凝视,即使回过头来,还是如此。他的困扰逐渐加深,变得很不舒服。

他从没见过一个人如此一动不动地坐着,安如磐石。饮料也像从没端上来过,原封未动。她坐在椅子上宛如一尊年轻女性的佛像,目光严肃,一眨不眨地盯着他。

不舒服开始变为恼怒,最后他走过去,站在她面前。

"您不要喝您的饮料吗,女士?"

这是一个提示,希望她做自己的事情,但没有成功,她直接结束了对话。

回答索然无味、毫无意义:"留在那里吧。"

当前状况对她有利,毕竟作为女性,在酒吧无须重复消费,而男性就不同,想要受欢迎通常需要继续加单。另外,她没有调情,也没有试图吃霸王餐,反正没有任何不轨的行为,他无能为力。

他沮丧地走开,从吧台缝隙处一直看她,她的眼睛也锲而不舍地跟随他。

现在不舒服的感觉挥之不去了，他扭动肩膀，拉了拉脖子后面的领子，想要忘记不愉快，然而仍感觉得到她的注视，不用看就非常确定。他愈加心烦。

客人越来越多，订单需求越来越大，这非但没有给他雪上加霜，反而变成一种解脱。他们带来的无法推脱的责任使人忙碌，帮他摆脱掉这可怕的眼神。只是当没人服务，没有餐具要擦，没有酒杯要填满时，那份骇人的安静就会回归，她的关注就变得令人尴尬难忍。此时他慌乱得不知道双手该做什么，或者该拿手上的桌布如何是好。

他在漏勺上调酒的时候打翻了一小杯烈酒，还按错了收银机上的按钮。

终于他忍无可忍，又走过去，打算制止她的行为。

"女士，您要我为您做什么？"他声音沙哑，怒火中烧。

她的语气一如既往毫无生机："我有说过吗？"

他重重地靠在吧台上："那么，您对我有什么意见吗？"

"我说过有意见吗？"

"不好意思，我的样子让您想起什么熟人了吗？"

"没有。"

他开始支支吾吾不知所措。"我认为也许有，您那样盯着我——"他犹豫不定地说，带着一些指责。

这一次她没有回答，眼睛也没有移开，最后他败下阵来，不安地走掉。

她既没有笑，也没有说话，既不懊悔，也无强烈的敌意，只是坐着看他，有一种猫头鹰般莫测高深的神秘感。

她正在使用的是一种可怕的武器，人们通常意识不到，被一直盯着看很长时间，可能一个小时，或两三个小时，是多么无法忍受、令人崩溃，仅仅因为他们从没有遇到过，也从没试过这样的毅力测试。

目前这武器正对准了他，慢慢地困扰、恐吓着他。他无法反击，一方面因为他被困在半圆形的吧台里面，无法走出来；另一方面因为这件事本身。每次试图反击的时候，他都意识到那只是注视而已，他并不能抓到任何把柄。看与不看完全取决于她，像一束光线、一缕阳光，挡不住，躲不开。

一种他从来没有得过，也不知道学名叫作旷野恐惧的症状，正以惊人的速度袭来；他想躲起来，在更衣间找一处庇护，甚至有冲动蹲到吧台台面的下方，让她再也看不到。他暗中揉搓自己的额头，想要克服恐惧，眼睛也开始频繁地扫头上的表，这块表正是警察告诉他证明亨德森清白的有力证据。

他盼望她离开，并且暗自祈祷，但现在显而易见，很长时间过去了，只要酒吧不关门，她是不会自己走掉的。别人来酒吧的正常目的，在她身上都不成立，因此也不能指望她正常离开酒吧。

她过来不是为了等人，否则早就见到面了，也不是为了喝酒，那杯酒就这么保持原样，和几小时前他送来的时候一模一样。她过来为了一个目的，只有一个：看他。

用尽什么方法都没能摆脱她的视线，他开始盼着下班尽早脱离魔爪。随着客人散去，吧台上买酒的人减少，她的注视越发显著，目前半圆形的吧台空闲下来，那如同美杜莎脸上坚定的目光，更加使人发怵。

他摔碎一个杯子，几个月都没发生这样的事情了，他的思绪支离破碎。弯腰处理残渣时，他愤怒地看着女孩，嘴唇动着咒骂，只是没有发出声音。

终于，钟表的分针指向十二，四点钟了，关门时间到，他以为这一刻永远不会到来。还剩两个男人聊得热火朝天，也自觉地站起来，边朝门口走去，边继续他们友好的小声谈话。她没有，动也没动一下，那杯从未被宠幸的饮料还放在眼前。她依旧坐着，看着，观察着，端详着，眼睛一眨不眨。

"晚安，先生们。"他大声招呼那两位顾客，为了让她有所意识。

她没有动。

他打开控制箱，按动开关，外围四周的灯全部熄灭了，只留下他所在的吧台内部的一束光，好像隐藏在墙对面镜子和成排瓶子里的一枚日落。他在灯光下变成一个黑色的轮廓，而她那脱离躯壳、相当明亮的脸也从周围昏暗中映射进来。

他走过来，拿起那杯几小时未动的饮料，猛地向下倒掉，酒滴喷溅出来。

"我们要关门了。"他态度生硬地说。

最后她动了，突然从椅子上站起来，然后顿了一下，仿佛长久没有活动，需要给身体一些时间来适应。

他迅速地解开工作服的扣子，恼怒地说："你到底在干什么？玩的是哪出游戏？你想怎样？"

她没有回答，像是没听见，缓慢地走过黑漆漆的酒吧，向门口移动。他怎么也没想到，仅仅看到这个女孩离开酒吧，自己竟然感到如此畅快淋漓、透彻心扉的放松。夹克敞开着，一只手牢牢地撑住吧台，朝着她离开的方向，全身无力地靠在上面，精疲力竭。

外面出口处立着一盏夜灯，女孩走到灯下时，又出现在他的视线里。她停在门口不远处，越过中间的距离回头看他，眼神中富有深意，久久地、严肃地望着他，好像在说所有这一切不是幻觉，还在说这没有结束，只是中断片刻。

他锁好门转过身，发现她安静地站在人行道上，只有几步远。她满眼期待地面朝门口，仿佛在等他出现。

他不得不朝她的方向走去，因为离开这里必须走条路。人行道非常狭窄，她没有躲在墙边，而是站在路中央，所以擦肩而过的时候，两人只隔了一英尺。她的目光继续跟随，他心里清楚女孩不会讲一句话。虽然本打算无视,但沉默的执拗让他没法不开口。

"你到底想干什么？"他暴躁地低声咆哮。

"我说过要干什么了吗？"

他刚要向前走，就一个转身冲着她的脸质问道："听着！你刚才坐在那里，一刻不停地盯着我！一整晚都没停过！"他气得用一只手捶打另外一只，"现在你又跑到外面来等着——"

"谁说不能站在大街上了？"

他生硬地晃着自己笨重的手指厉声道："我警告你，小姑娘！看在你自己的份上，我告诉你——！"

她没有回答，嘴都没动一下，沉默永远是争执中胜利的武器。他转过头拖着沉重的脚步离开，因为愤怒而喘着粗气。

他没有回头，也没有必要，因为走了不到二十步，他就能察觉到她在后面跟着，这一点也不难，很显然她没有想隐瞒自己的行为，女孩的细跟小皮鞋发出"哒哒"声，在夜间小路上尤为清晰。

一个起伏的交叉路口在他脚下滑过，好像一条有点沉闷的沥青河床，然后是另外一个，再另外一个。整个过程中，随着他从城镇西边慢慢走到东边，那不紧不慢的"哒哒"声，一直从身后不近不远的位置传来。

他第一次回头，仅仅想警告她。她的脚步悠闲得令人抓狂，好像现在只有下午三点；她的步调缓慢甚至庄严，通常这是一种女性的步调。她身体笔直，脚步从容。

他走了一会儿，又怒不可遏地转过来，整个身体突然失控地向她冲过去。

她停下脚步，但不让步，完全没有向后退。

他走到她面前，歇斯底里地大叫："现在回去，行吗？你够了吧，听到了吗？回去，否则我——"

"我也走这条路。"她只说了这一句。

她再一次占了优势，他们的角色对调——但哪个男人会不怕荒唐地报警，说一个独身年轻女子在街上跟踪自己呢？她没有辱骂，也没有向他推销什么，只是走同一个方向；他现在和在酒吧里一样孤立无援。

他在原地站了一阵子，这种拖延只是为了保全面子，把自己从尴尬的处境中拯救出来。最后他哼了一声转过身，想要表达气愤，但不知怎的听起来有些无助。他离开女孩，继续往家走。

十步，十五步，二十步，好像有特定的信号发出，他身后的脚步声又响起了，稳如下在水坑中的细雨，"哒哒、哒哒、哒哒"，女孩又跟上来。

他转过一个街角，走上有顶棚的人行道楼梯，去乘坐每晚固定班次的火车。他走到上面停下来，站在通往轨道的车站走廊木地板后方，张望自己走过的类似滑梯的斜坡，寻找她的踪迹。

她的脚撞击着保护台阶的钢圈，逐渐临近的脚步声像钢铁的敲击声。过了一会儿，当她走到台阶中间空地时，她的脑袋出现在他视线中。

入口的旋转闸机在身后嘎吱作响,他从另一边进入,走投无路,找了一处防御阵地。

她调整脚步,气定神闲地跟上来,好像根本看不到前方的他。她指间已经备好硬币,两人之间只相隔一个闸机栏杆。

他抬起手臂,把栏杆转到对面,打算放开,这样她只能原地旋转。他凶狠地咆哮:"滚出去,就现在,滚到下面去!"她刚要伸手过去,他就迅速用拇指挡住硬币插槽。

她停住,换到隔壁的机器,他迅雷不及掩耳之势赶在前面冲过去,她又移回原来那台,他也跟着移动,又一次挡住。这时,班次很少的夜班车进站了,整个站台随之震动起来。

他用力向后推了一下闸机,力气大得足以推倒她,她把头甩向一侧,眉头紧锁的表情仿佛闻到了恶臭,栏杆刚好打到她的脸。

立马旁边就有人用力敲玻璃,车站站长从他昏暗的亭子侧门探出头和肩膀,大声询问:"你,停下来,干什么不让别人进站?我要拘留你!"

这不是自己寻求的调解,反倒也没那么尴尬了,因此他转身抱怨:"这个女孩可能是疯了,应该送她去贝尔维尤医院,她路上一直跟着我,甩都甩不掉。"

她依然用平静的口气说:"只有你一人能乘第三大道号列车吗?"

他再次向站长求助,像一位自我任命的独裁者一样指责对方。

"问问她要去哪儿,她不知道自己是谁!"

她强调自己不是跟踪,而是有目的地的:"我去二十七号大街,第二和第三大道之间的二十七号大街,我有权利坐这辆火车,不是吗?"

挡路男人的脸突然变得煞白,好像她提及的地址传达了一个惊人的隐藏含义,是的,那是他家。

她早就知道他要去哪儿,所以无论怎样试图摆脱她、把她抛在后面,都是徒劳。

站长做出决定,使劲用手一推,道:"进来,女士。"

硬币在反射镜前突然一亮,没等他让路,她便从下一个闸机进入。他现在束手无策,事情不再能通过强行躲闪和呵斥来解决,她掌握了自己的地址,这使人力不能支,无可奈何。

与此同时,火车到站,但是反方向那辆,接着渐渐远去,车站的防壁又一次暗淡下来。

她沿着月台外沿闲荡,他也走出来,转向一边,在她后面两根柱子的距离。两个人都朝火车驶来的方向看,只是他能看见她,她却不能。

她没有意识到自己在做什么,就慢慢地向月台后面走去。漫无目的的走动可以打发等车的无聊时间,大部分人都会这么做。她不久走出了站长的视线,来到车站顶棚尽头,月台单独伸出一条狭窄的走道。她又停下来,本来要转身原路返回,但却站在那里没有动，面朝火车方向，背对着他。一种不可名状的紧张氛围、一种即将逼近的危险感，逐渐从身边涌来。

他踩踏木地板的声音对她来说一定有什么影响。他也朝同一方向慢慢闲荡，和她一样步伐慵懒。不是这个，而是踩踏声在鸦默雀静的车站里尤其明显，有一种鬼鬼祟祟的意味在里面。它没有被刻意压低，而是很有节奏，但又是一种遭到控制的踩踏，本是处心积虑的靠近，却装成漫无目的的闲逛。她不晓得如何察觉的；只是知道，他甚至在她转身之前，面对着她的背影时，有了一些想法，一些从未有过的想法。

她猛地回头。

他还是保持两根柱子的距离，但不是这个证实了她的想法，而是他向下扫视轨道的一幕。第三条铁轨铺在下面，他沿着平行方向缓慢走动。就是这个。

她立刻明白过来，他们擦肩而过时，他将会手肘一推，脚从侧面飞速一绊。她意识到自己不知不觉走到一处绝境，卡在遥远的车站尽头，毫无知觉竟然已脱离站长的保护范围，站长亭设立在里面，控制旋转闸机，无法操控月台。

两个人单独站在月台上，她看过去，对面空空荡荡，朝北方向的列车刚刚驶过，往市区方向的车还未驶来，无法带来可能的震慑。

继续向后退相当于自杀；月台再后面几步就是彻底的尽头了。她将自己逼入死路，完全任他摆布，要想回到车站中央站长的保护范围内，需要经过他，然而这正如他所愿。

假如现在不被动等待，而是大叫让站长赶来月台，相当于冒极大的风险，让自己竭力避免的险境提前到来。他处于异常激动的状态，可以从其表情判断出来，尖叫非常可能造成相反的效果。他暂时的失常行为是因为纯粹的害怕，而不是愤怒，尖叫会增加他的恐惧。

她已经严重吓到他了，只怪自己的工作做得太好了。

她小心翼翼地向里移动，尽可能离铁轨越远越好，慢慢靠近防护轨上成排的广告牌，她屁股贴着它们，侧身而行，警惕地望着他。她靠得太近，裙子拂过广告牌发出"沙沙"声。

当她靠近时，他开始向她斜行，很显然想切断退路。在这个比大街高三层的颓废月台上，两人的行动缓慢得可怕，好像池塘里慵懒的鱼。他们头上间隔很大的顶灯发出黄褐色的光。

他还在走，她也是，他们还有两三步就要碰头。

远处看不见的地方，闸机出其不意地发出声音，一位来意不明的黑人女孩出现在离他们只有几码远的月台上，腰弯向一边抓挠自己腿的一侧。

他们渐渐放松下来，都保持刚见到黑人女孩时的原样。女孩背对广告牌，维持这个姿势，只是膝盖打弯，胯下去一点。他泄气地倚靠在身边一台口香糖自动售卖机上。她几乎看到他浑身每个毛孔里都散发着刚刚被摧毁的意志。最后他挣扎着转身离开，没说一句话，整个过程从头至尾都如同一出哑剧。

这样的事情不会再发生了，她又一次占了上风。

火车忽隐忽现地进站，仿佛片状闪电，他们在两个尽头登上同一辆车，彼此坐的位置相隔一辆车的长度。他们都还没有从刚才千钧一发的状况中恢复过来，他向前撑住自己的膝盖，她的脊椎弓起，向上盯着天花板的灯。车里除了黑人女孩没有别人，她还会时不时抓挠自己，然后扫一下站名，好像要随便找个地方下车。

他们都在二十八号大街站下车，同样是两个尽头。他留意到她紧随自己下了楼梯，她看见他脑袋倾斜，可以判断他即使不回头也知道自己的动向。他看起来已经被迫默认了她的行为，如果那是她的意图，就让她跟着吧。

他们通过二十七号大街走向第二大道，他在街道的一边，她在另一边，前者领先四个门店，她让他保持这样的距离。她知道他会进哪个入口，他也晓得她知道。这场跟踪现在已变成纯机械的事情，唯一尚存的未知数就是原因，但这是决定性的因素。

他进屋，融入到街角黑漆漆一排门缝中的一个，不见了踪影。他肯定听到身后街对面那不屈不挠、异常镇定的哒哒、哒哒声，但既没有回头，也没有说话。他们终于分开了，这是整个晚上第一次。

她走完两人之间的间隔，站定在房子前，选好位置，于众目睽睽之下待在人行道对面，盯着十几扇黑暗窗户中的某两扇。

目前它们亮着,仿佛在跟期待已久的归人打招呼。过了一会儿灯又灭了,好像指令被快速撤回。窗户从此之后一直黑着,偶尔淡灰色的窗帘会动一下,模糊的人影映在玻璃上。她知道有一个或几个人通过窗户看着自己。

但她继续监视着。

一辆高架列车在街道遥远的尽头蜿蜒而行,如同一只萤火虫。一辆出租车经过,司机好奇地瞥了她一眼,但他已经有客人了。一个夜行人从大街另一边走过,望着她试图搭讪,她扭过头,直到他走开。

一位警察突然出现在她旁边,一定是偷偷观察了许久。

"占用您一分钟,女士。我收到隔壁公寓一位女性投诉,说您跟踪她丈夫从工作地到住所,并且监视他们的窗户半小时之久。"

"是的。"

"那么,您最好离开。"

"我希望你抓住我的手臂,和我一起走到街角,看起来像逮捕了我。"他疑惑地照做,走到看不见窗户的地方停下来。"给你。"她掏出一张纸递给警察,他借着旁边昏暗的路灯仔细看。

"这是谁?"他问。

"凶案组警察,如果你不相信,可以打电话询问,我做的这些已告知他并得到了许可。"

"噢,是不是类似卧底的工作?"他说,口气中增加了些许尊敬。

"请忽略这些人将来对我的投诉,接下来几天几夜,你可能会收到很多。"

警察离开后,她打了一通电话。

"怎么样?"电话那头问。

"他已经表现出焦虑的迹象了,在吧台摔了一个杯子,刚才差点把我推下月台。"

"看起来是,小心点,周围没人时不要靠他太近。记住,重要的是不要让他觉察到我们的目标和意图,不要让他问这些问题,这就是整个计划。一旦他发现了你追踪的目的,事情就会往反方向发展,从而失去意义。正是未知使他抓狂,最终才能磨损他的意志,得到我们想要的效果。"

"通常情况下他几点出来上班?"

"大概每天下午五点离开公寓。"通话者说,好像手头有档案可以查询。

"他明天出门就会看见我的。"

第三天酒吧经理突然不请自来走到吧台,把他叫出来。

"怎么回事?为什么你不服务这位年轻的女士?我一直在看,她坐在这里二十分钟了,你难道看不见吗?"

他脸色惨白,额头冒汗,每次接近她都是这样。

"我不能——"他支支吾吾地说,把声音压低好让别人听不到,

"安塞尔莫先生，这不合理，她在折磨我——您不会理解——"眼泪快要流出来时他咳嗽了一下，双颊先胀起来，又平坦下来。

女孩坐在不到一英尺远的椅子上，看着他们两个，目光如同幼儿般平静无辜。

"三个晚上她都像这样坐在那里，一直盯着我看——"

"她当然盯着你看，因为她在等你去服务，"经理指责道，"你希望她怎么做？"接着经理仔细端详他，观察到他脸上的异样，问道，"你怎么了？生病了吗？如果不舒服想回家的话，我会通知皮特来接班。"

"不，不，"他赶紧央求，声音里几乎带着恐惧的哽咽，"我不想回家——她又会跟着我走，在我窗外站一整个晚上！我宁可待在这里，至少旁边有人！"

"不要说傻话了，去接她的单吧。"经理凶巴巴地说，转身扫了她一眼，像在确认她是多么正常、多么温顺无害。

递给她饮料的手抖了一下，饮料洒出来了一些。

他们都没有讲一句话，哪怕靠近得气息几乎融合在一起。

"你好，"她刚好停在闸门外，车站站长透过门友好地打招呼，"哎，我说，很滑稽对不对？你和刚才进去的那个男人好像总在同一时间到车站，但总是不在一起，你注意到了吗？"

"是的，我注意到了，"她回答，"我们每晚都是从一个地方出来的。"

她站在站长亭外，把手肘放在闸门外面的平板上，好像碰到它就能得到护佑，然后漫不经心地和站长聊天，打发等车的时间。"今晚天很好，是吗？……你的小男孩怎么样了？……我觉得道奇队没戏。"偶尔她会扭头看月台，上面有一个孤独的身影，要么踱步，要么站定不动，有时消失不见，但她再也不会冒险踏上月台了。

只有当火车进站完全停靠，月台门打开时，她才会起身，小跑冲过去上车。她会沿着一条单独的直线跑，这样能保证安全，因为第三条轨道被火车底盘全部包裹住了。

一辆高架列车在街道遥远的尽头蜿蜒而行，如同一只萤火虫。一辆出租车驶过，司机好奇地看了看她，但不打算接单，而是准备休息了。两个夜行人路过，其中一个打趣地叫："怎么了，娘们儿？是不是活动改期了？"他们消失后周围一片寂静。

忽然毫无征兆地，那个门口，那个属于两扇窗户的门口，出现了一个头发乱糟糟的女人。她冲出来，好像从大厅又黑又长的洞里发射出来的东西。她睡袍外披着一件外套，赤脚穿着一双破旧的鞋，每快走一步就发出碰撞的声音。她手里挥舞着一根剥掉的地板刷长棍子，直奔目标，冲着独自站在马路对面的身影，毫不犹豫地打过去。

女孩转身冲到附近的街角处，拐弯沿着下一条马路跑，敏捷的身手让她毫无畏惧，才得以提前从这个毫无价值的人那里撤离。

女人愤怒的咒骂声，传播得比她本人动作快，从女孩身后传来，震动了整个街区:"你骚扰我们三天了!再回来看我不打你!吃我的拳头,让我修理你吧!我会的!"

她转过街角站住,疯狂地挥动棍子和手臂,可见恨之入骨。女孩减慢速度,最后停下来,和黑暗融为一体。

女人往回走,拐弯回自己的房子去了。

女孩也回来了,站在原地,和之前一样,抬头盯着街对面两扇窗户,像猫守着老鼠洞似的。

高架列车蜿蜒而行……出租车驶过……夜行人走来,经过,离去……

空洞的窗户玻璃也反过来盯着她,表情中有种无助和懊恼。

"马上,"电话中的声音说,"再过一天,他肯定彻底崩溃了,可能明晚之前——"

今天休息,他已经用了一个多小时拼命摆脱她。

但他又要停下来,这点她早就察觉,到现在为止她已经相当了解这些预兆了。这次他停在明媚的阳光下,依靠着商场的墙壁,顾客在面前络绎不绝。他此前已经停下来两三次了,但每次都无果而终,一直如此。他又继续走;她也跟着。

这一次她发现了些异样,他不是自愿停下来的。就在刚才某个时刻,忍耐力的主发条好像终于断掉了,之后他突然发现自己完全松散了。他倚在墙跟前,夹在腋下的小包裹慢慢松开摔在地上,也没去捡。

她站在不远处,照常没有掩饰自己是因为他才停下来的,以一贯的严肃表情看着他。

阳光直射在脸上,他不停地眨着眼睛,速度越来越快。

眼泪出乎意料地流下来,当着所有路人的面,他绝望地哭起来,脸就像一张丑陋的、褶皱的砖红色面具。

两个人满腹疑惑地站住脚,两个变成四个,四个变成八个。他和女孩被夹在群众围起的空地中央,没过多久人数越来越多,层层叠加。

他已经失去了自我意识,丝毫不觉得羞愧;他请求围观者的保护,看起来几乎在求救。

"问问她想要我干什么!"他放声痛哭,"问问她到底为什么!她到现在已经连续几天这样对我了——成日成夜,夜以继日!我受不了了,跟你们说,我再也受不了了——!"

"他怎么了,喝醉了?"一个女人嘲讽地跟旁边人说。

她站在原地丝毫不退缩,没有企图逃避他强加的关注。她是那么优雅端庄、美丽动人,然而他荒唐可笑,只会带来一个结果;众人的同情心也只能一边倒,毕竟群众多半是施虐者。

人们开始抿着嘴偷笑,逐渐有人笑出声来,随后变成疯狂大笑,公然嘲弄他。转瞬间,所有人都毫无怜悯地笑起来,只有一张脸保持着木然、持重严肃的表情。

是她。

他不仅没有得救，反而让自己的状况更加糟糕，造成了如此的壮观场面。折磨他的人现在由一个变成了三十个。

"我再也受不了了！告诉你们，我饶不了她——"他猛然向她冲去，好像要攻击她，击退她。

瞬间男人们跳出来，抓住他的手臂，恼火地来回推搡着。一时间她四周人头晃动、一片混乱。突然他压低身板，竭尽全力用头撞过来。

接下来便发展成一场多方位的殴打——冲他的。

她对群众大喊一声，虽然镇定自若但足够响亮，嘹亮的声音立刻使他们停下来："不要打了，别管他，随他去。"

但是她的口气既不温暖也不含同情，而是在主持一种可怕又坚定的公道，仿佛在说：把他留给我，他是我的。

揍他的手臂和拳头松开，衣服拽回原位，四周人的怒火消退，把他留在空地的中央，和她一起。

他在痛苦和绝望中想从众人的力量中寻求发泄，却举措失当，无可奈何，就索性一股脑推开人群跑走了。他卯足了劲地奔离所有人，脚步沉重地在大街上猛奔，要远离那个站在原地看他的苗条姑娘。姑娘外套的带子缠在腰上，腰不足男人一只手的宽度。闹剧散场。

她没有逗留很久，对群众的喝彩没有兴趣，也无心享受这幼稚的公然取胜。她用手臂迅速拨开挡路的人，让前方没有障碍，然后出发追寻前面那个步履艰难的身影。她一会儿轻快地小跑，一会儿不失优雅大步流星地疾走，很快又紧随其后了。

奇怪的追随，不可思议的追随。瘦弱的年轻女孩跟踪粗壮的酒吧服务生，在纽约正午拥挤的街道进进出出，出出进进。

他几乎瞬间意识到自己又被跟踪，第一次忧惧地回头看，她正等他再次回头，接着她把手伸到头上，命令他停下。

现在是时候了，是伯吉斯认可的那个时刻了，她敢肯定。他在正午的艳阳下奔跑，就像一块蜡，身后的人群夺走了他最后的靠山。他试验过了，没有求得任何保护，所以即使在闹市区，在光天化日之下也没有丝毫安全感了。

如果不看准时机立刻采取行动的话，抵抗曲线从这一刻可能又会上升，收益递减规则也许会从此开始，她也知道熟悉感将导致毫不畏惧。

现在就是时候了，接下来只需要把他按到最近的墙边，快速跟伯吉斯通话，让他及时掌管全局。"你现在要不要承认那晚在酒吧看见一个女人跟亨德森在一起？为什么否认看见她？谁付钱或者强迫你否认的？"

他在下一个拐角处停了一会儿，四处张望，如同一只掉入陷阱、到处乱窜的动物在寻找出路。为寻求庇护，他不停犯错，走尽冤枉路，从这点她可以看出，恐惧已到达极点。对他来说，她不再是一个女孩，一个不费吹灰之力单臂就能制伏的女孩，而是涅墨西斯报复女神。

两人的距离越来越近，她又伸出手臂，他像被刺到了，仿佛在一个极其痛苦的人身上又抽了一鞭子。他被人数不多，却一波接一波等待穿马路的人困在拐弯处，他们肩并肩站在路边，头顶上有盏逆光灯。

她走得更近了，他最后看了一眼，像马戏团动物破纸圈一样，推开路人穿过去。

她刹那间站住，好像移动的双脚同时卡在人行道隐匿的缝隙里，动弹不得。柏油马路上传来一阵急促刺耳的刹车声。

她急忙用手捂住双眼，但太晚了，她依然看到他的帽子飞到空中，在每个人的头上，划出一条高得异常的弧线。

一个女人尖叫起来，过后整个人群开始陷入恐慌。

处决前第十一天

隆巴德

隆巴德已经跟了他一个半小时，跟踪谁都没有跟踪一个看不见的乞丐这么慢。他移动起来不像几十岁男人的样子，而是像只千年老龟。他穿越一条街区平均需要四十分钟，仅从一个拐角到另一个。隆巴德已经用手表计了好几次时。

他没有导盲犬，每次过马路都靠旁边行人的指引，他们也都乐意帮助。如果他过去前就变红灯了，警察会拦住过往的车辆。几乎所有经过的人都往他杯子里投点钱，好像在付钱让他慢点走。

隆巴德痛苦至极；他生龙活虎，身体健全，时间紧迫感又相当强烈，但不得不被这无休无止的爬行拖累，这感觉像极了古代的水滴酷刑。他忍住，把乞丐控制在视线范围内，自己有时很长时间停在商店门口和橱窗空地，不耐烦地抽烟泄愤，就为了让他走得远一些，然后再快走几步跟上来，又停下，等待自己的猎物竭力取得下一个微小的进步。这样走走停停可以让他感觉好一点。

不会一直如此的，他不停提醒自己，这不会持续一整个晚上。面前的身影是有着人类躯体的地球人，也需要睡觉，会找个隐蔽处比如墙后面躺下来休息一阵。这样的乞丐一般不在夜晚行乞，至少等到天亮，符合收益递减定律。

终于等到这一刻，隆巴德都没抱希望了，但最后还是来了。乞丐转身离开大路，两人一起走进墙中间的胡同，这块地方荒废得厉害，本身都需要修缮，更不可能提供好住处了。胡同一头被粗糙花岗岩筑成的高架铁路挡住。

他的栖息地是不远处一座破旧的贫民公寓。隆巴德虽然没想到这么快就走到头了，但不得不提高警惕，保持一段间隔，跟在后面。因为附近人烟稀少，没有别人脚步的遮挡，只怕看不见的人听力都很好，很容易被发现。

因此乞丐进公寓的时候，隆巴德离得太远了。他抓紧在最后一刻赶上来，想要赶在他消失前确定房间的楼层。隆巴德守在门口，小心翼翼地进入，保持刚好能听见的距离。

拐杖的敲击声仍旧在极其缓慢地上升，听起来有点像水滴从坏掉的水龙头滴到空木桶里。他屏息凝神,细细聆听,数到四个间隔,到每个楼梯拐角处敲打的节奏就会变化,平地上的声音比楼梯斜坡上的轻。敲击声在大楼后部逐渐变小,而非前部。

听到楼上微弱的关门声后,他开始上楼,蹑手蹑脚但步伐迅速,压抑了那么久,现在终于释放了。年久失修的楼梯严重倾斜,需要费很大的劲才能上去,可他根本没感觉到。

公寓后部有两间房,他可以认出乞丐的房间,因为另一间远远一看就知道是洗手间。

他气喘吁吁,在最后一层台阶缓和片刻,呼吸恢复正常,然后悄悄走过去,再次提醒自己他们可能有非常敏锐的听觉。其实他已经做得无可挑剔了;地板没有发出任何声音,不是因为体重轻,而是多亏了他出色的肌肉协调能力。他身体机能一向良好,更像赛车引擎盖下的发动机,而不是一张脆弱的皮囊。

他把耳朵贴近门缝,仔细听。

里面没有灯光,当然对盲人来说,世界都是无光的,开着灯没有任何意义。但他能偶尔听到移动的声音,让他想到动物退回洞穴,会不停转圈让自己感觉舒适,再安定下来。

没有人讲话,乞丐肯定一个人住。

时间已久,时机来临,他敲门。

移动的声音立刻停止,但没有其他声响,一片寂静,好像要给人一种房里没人的错觉。可怕的死寂,连空气都凝固了,他知道只要自己在那儿，沉默就会继续——如果他允许。

他又敲门。

"快点。"他厉声说。

第三声已经非常用力了，第四声更像在砸门。

"快点。"寂静中他的口气很凶。

屋内的地板发出胆怯的嘎吱声，一个声音伴着喘息从门缝传来："是谁？"

"一个朋友。"

声音丝毫没有放松下来，反而更加恐惧："我没有朋友，我不认识你。"

"让我进来，我不会伤害你的。"

"不行，我一个人在这儿，没人帮我，不能让任何人进来。"隆巴德知道，他担心自己白天乞讨的东西。这也不能怪他，以他一直以来的状况，没有丢掉已经算不容易了。

"你可以让我进来，快，就打开一小会儿，我只是想和你谈谈。"

声音在门的另一端颤抖："快走，不要在我门前，否则我要从窗户喊人了。"但他的声音听起来不像威胁，更像乞求。

他们僵持片刻，都不动弹，也不讲话，但非常清楚彼此就在附近，门一边吓得瑟瑟发抖，另一边坚定如磐石。

最后隆巴德掏出钱包，若有所思地翻看，里面最大面额是一张五十美元纸币。他本可以选一些小额的来代替,但还是拿出这张,蹲下塞到门底的缝隙，一直塞到一点踪影也看不到。

他站起来，说："去摸摸门底下，是不是说明我不是想抢劫你？现在让我进来吧。"

片刻犹豫后，链销头从凹槽里滑掉，门闩打开，钥匙插入锁孔开锁。防范措施很完备。

门不情愿地开了，黑色的盲人镜片朝着隆巴德的方向，他几小时前正是从这个镜片认出乞丐的。"有人跟你一起吗？"

"没有，就我一个，我不是来伤害你的，不用紧张。"

"你不是探员吧？"

"不，我不是警探，如果是的话会有警察跟我一起，但我是一个人，只想和你谈一谈，难道你看不出来吗？"他挤进来。

屋里一片漆黑，什么都看不见，就像蒙上了阴影，万物都不存在，大概主人的世界就是如此。一时门外地板上一个淡黄褐色的楔子借着大厅的光能有点帮助，随着门关上一点亮光也没有了。

"能开个灯吗？"

"不行，"盲人说，"这让我们更公平。如果你只是想谈话，为什么还需要光线？"隆巴德坐下来,听见旁边老旧的弹簧吱呀作响，他可能坐在今天收获的东西上，那东西就在坐垫下面。

"快点，别傻了，我不要这样谈话——"他弯腰四处摸索，摸到一个木制摇椅的把手，正在摇晃着，就移过来坐下。

"你说你想谈话，"另一个声音紧张地说，"现在你进来了，就开始说吧，说话不用看得见。"

隆巴德说："好吧，至少我能抽烟吧，可以吗？你不反对吧？你自己也抽烟的，对吗？"

"有的抽就抽。"另一个声音警惕地回答。

"来吧，拿一根。""咔哒"一声，打火机的小火苗从他的手中窜出，照亮了屋里的一部分。

盲人坐在床边，拐杖斜放在膝盖上，以备需要时用作武器。

隆巴德从口袋里掏出来的，不是烟，而是一把左轮手枪，握在胸前，瞄准对方。"来吧，请自便。"他友好地重复道。

盲人浑身僵硬，拐杖从膝盖滚下来摔在地上，接着他猛然把手伸到面前来躲避什么。"就知道你是冲着我的钱来的！"乞丐声音沙哑地说，"我不应该让你进来——"

隆巴德把枪收起来，和掏枪时一样镇定。"你看得见，"他静静地说，"我也不需要搞这种花招就能看出来。但我得向你证明我不是傻子，单单你为了五十美元开门这点就足以说明问题了。你应该是划了根火柴看见的。如果真瞎的话，你怎么知道不是一美元呢？毕竟纸张的尺寸形状摸起来和五十美元一模一样。为了一美元你也不值当开门，今天乞讨来的都比这个多吧？然而五十美元是值得冒险的；比你一天赚的钱都多。"

讲着，他看到一段歪斜的剩蜡烛，便用打火机点燃。

"你是个探员，"乞丐支支吾吾地说，精疲力竭，用手背擦去额头的汗,"我早就知道——"

"不是你以为的那种。我对你是否欺骗公众的钱不感兴趣,不知道这算不算一点安慰。"他走回来坐下。

"那你是哪种?想让我干什么?"

"我想让你回忆看见的事情——盲人先生,"他讽刺地补充道,"现在听好,五月的一天晚上,你在卡西诺剧院门口游荡,向里面出来的观众乞讨——"

"但是我很多次都在那里。"

"我说的只是一天晚上,就那一晚是我关心的,其他的我毫无兴趣。我说的那一晚,有一男一女同时出来,这个女的戴一顶橘色的帽子,一根又长又黑的羽毛插在上面。在离入口几码远的地方,他们上出租车的时候,你讨到了钱。仔细听着,你用杯子推她,她原本打算给钱,却不小心把燃着的烟掉进去了,烧了你的手指,男人赶紧帮你拿出来,并且补给你几美元。我想他可能说:'对不起,老兄,她不是故意的。'现在你肯定记起来了吧,不是每晚你的手指都被杯子里的烟蒂烫伤的,也不是每晚你都能从一个路人那里得到两美元。"

"如果我说不记得会怎么样?"

"那么我会立即把你从这里拖出去,到最近的公安局告发你诈骗。你会被罚在贫济所干活,从那以后警察局记录里就有了你的名字,每次看到你在街上行乞都会抓你。"

乞丐坐在床上心烦意乱地抓着自己的脸，时不时把黑色的眼镜推到眼睛上面。"但这不是逼我说记得吗，无论我记不记得？"

"只是逼你承认你肯定记得的事情。"

"假如我说记得，接下来会怎样？"

"首先告诉我你记得什么，然后复述给一个便衣警察听，他是我朋友。我要么把他带过来，要么把你带过去见他——"

乞丐又被新的惶恐惊了一：''但我怎么做到不把自己泄露出去？尤其对一个便衣警察！我得装瞎，但怎么看见他们呢？跟我不说你拿来威胁我的状况是一样的。"

"不一样，你只是告诉这个人，而不是整个警署。我可以跟他谈谈，让他承诺你免除检举。怎么样？记得还是不记得？"

"是的，我记得，"专业的盲人扮演者低声承认，"我看见他们两人一起。当我靠近强光的时候，通常会闭上眼睛，哪怕戴着墨镜，剧院外面就是这样。但烟头烧了我，我就睁大了眼睛，透过镜片，看到了他们两个。"

隆巴德从钱包里掏出一张照片询问："是他吗？"

盲人把眼镜拉上去，仔细端详照片。"我觉得是，"终于他开口，"当时我只是匆匆看了一眼，又过了很长时间，只能说看起来像同一个人。"

"她呢？你再看见能认出来吗？"

"已经认出过了，男的我只见过一次，但女的至少见过两次——"

"什么！"隆巴德突然跳起来，俯身于他之上，摇椅在身后空空地晃动。他抓住乞丐的肩膀，用力捏着，仿佛要从他瘦削的躯体挤出信息，"说给我听！马上，快！"

"我是怎么知道是她的呢，因为那晚过后不久她又出现了，在一家大型豪华酒店门口，你知道有多奢侈。我听到脚步声从楼梯上下来，一男一女，女的说：'等下，也许这会给我带来好运，'我知道她指的是我。我听见她的脚步朝我走来，一枚硬币掉到杯子里，二十五分，我能通过声音判断硬币的面额。这时，有趣的事情发生了，让我确定就是她。是一件很小的事，我不知道你是否也能明白。她在我面前站了一分钟，别人都不会这样，硬币已经投进了，所以我意识到她肯定在看我，或者看我身上的东西。我右手握着杯子，上面有烧伤的疤痕，那时变成了大水泡。我觉得她在看我的手指。反正就是这样。她小声嘀咕——不是对我，而是对自己——'为什么，好奇怪！'她转回去，走到男人身边。就这些——"

"但是——"

"等等，还没结束，我稍微睁开眼睛看杯子，她在原本的二十五美分旁边多放了一美元纸币，我知道是她，因为之前没有的。她为什么改变主意加钱了呢？肯定是那个女人，认出水泡想起了几晚前发生的事情——"

"一定是，一定是，"隆巴德不耐烦地咬着牙说，"你说你看见她，能告诉我她长什么样吗？"

"我不能告诉你她正面的样子，因为我不敢睁眼，周围光线太强，会露馅。我看一美元时，抬头透过睫毛瞥了一眼，刚好看到她的背面，她正在上车。"

"看到背面！好吧，说说吧，她背面什么样！"

"就算从背面，也没看到全部，我不敢把头抬得太高。她伸脚上车，我只看到长筒袜的缝隙和鞋跟，我眼皮不能睁开，只能看到这么多。"

"一晚是橘色帽子，一周后的另一晚是长筒袜缝隙和鞋跟！"隆巴德把他推到床上，"以这样的速度，要过二十年才能拼成一个完整的女人！"

他走过去用力拉开门，回头愤怒地看着他，叫道："你能做得更好，我敢肯定！还是需要专业的提点，你才能吐出些有用的东西。剧院外的第一个晚上，你绝对完整看到她的正面了，而第二次你也很可能听见他们报给出租车司机的地址——"

"不，我没有。"

"你在这儿待着，听到没？不要离开，我出去跟之前提到的那个朋友打个电话，让他过来一起听听。"

"但他是警察呀！"

"我告诉过你没关系的，我们任何一个人都对你不感兴趣，你没什么好紧张的。但不要趁机溜走，否则有你好受的。"

他甩门而去。

电话另一头的声音听起来非常吃惊:"你有线索了?"

"有一点了,我想让你来听听是否有价值,你应该比我强,能从中获取更多的信息。我在帕克街123号,靠近铁轨的最后一座楼。希望你能尽快过来,听你谈谈看法。我已经让巡警帮忙守着门,而我在街角最近一个电话亭和你通话。我会在那里的街头等你。"

几分钟后,巡逻警车还没停稳,伯吉斯就跳下来了。警车开走,他来到隆巴德和警察等候的入口。

"在这里。"隆巴德说,没有任何解释,就转身朝里走。

"我归队了。"警察说着离开。

"谢谢,警官。"隆巴德喊道。这时他们已经上楼了,"在顶楼,"他说着,在前面带路,"他见过她两次,那晚还有另一次,一周以后。他是盲人——别笑,当然是冒充的。"

"好,看来值得一来。"伯吉斯承认。

他们转过第一个弯,一前一后,手在把手上滑动。"他想要免罪——有关假装盲人。他害怕警察。"隆巴德说。

"如果他提供的信息有价值,我们可以考虑。"伯吉斯嘟哝着说。

他们到达第二个走廊。"还有一层。"隆巴德自行确认着。

他们没讲话,为爬下一层楼省着体力。

第三个走廊到了。"从这里往上的灯怎么了?"伯吉斯长舒一口气。

隆巴德上楼的喘息声停下来。"很有趣,我下楼的时候有一盏灯还亮着,要么灯泡坏了,要么被动过了,有人关了灯。"

"你确定当时还亮吗?"

"当然,我记得他的屋里没开灯,但开门的时候大厅的灯照过来。"

"最好让我打头,我有手电。"伯吉斯绕过他,走在前面。

在楼层之间一处拐弯,楼梯转变了方向。他可能还在掏手电,却突然踉跄一下,四脚着地摔倒了。"当心,"他提醒隆巴德,"靠后。"

手电筒打开,照亮了后墙和台阶底部一块长方形的空地,那里躺着一个人,一动不动,奇怪地扭曲着,腿向下拖在最后几级台阶上,躯干平躺在走廊上,但是头被转弯处的后墙卡住,剧烈往后扭曲着,非常不自然。那副太阳眼镜挂在他的一只耳朵边,却奇迹般没碎。

"是他吗?"伯吉斯小声问。

"是他。"隆巴德草草地回答。

伯吉斯蹲在躯体前,探查片刻,然后直起身,"脖子断了,"他说,"当场死亡。"他照了照楼梯的斜坡,走上去往地上四处照,说:"意外,最顶上的台阶没踩稳,一路滚下来头朝地撞在拐弯那面墙上。从这里到第一层台阶,都有打滑的痕迹。"

隆巴德慢慢爬到相同的位置,厌恶地哼着说:"意外来得真是时候！我一联系到你，他就——"他突然打住，在手电光的照射下目光犀利地望着警探，"你不会认为这里事有蹊跷吧？"

"你在门口等我的时候，有人从你或那个警察身边经过吗？"

"没有，没人进去也没人出来。"

"你听到类似摔倒的声音吗？"

"没有，如果听见我们会进来看的，但等你时至少有两次火车从头顶上的铁轨经过，这时连自己的声音都听不见，更别提外面了。可能就是这个时候出的事。"

伯吉斯点头，"这也是为什么楼里其他人没听见的原因。难道你没看见？这件事太多巧合，看起来不是意外。他可能头撞到那面墙十次，但依然活着；他可能只是昏倒，而不是扭断脖子。但他碰巧当场死亡了，完全出人意料。"

"灯泡是怎么搞的？真是太多巧合了，我的意思是，我冲下楼给你打电话时灯泡是好的，如果已经坏了，肯定影响我下楼，但并非如此。我走得飞快。"

伯吉斯拿手电沿墙寻找，终于找到灯泡；它在一只托座上，从一边凸出来。"这点我不赞同，"他说着，抬头盯着它，"如果他本应是瞎子，或者至少大部分时候是闭着眼睛走路的，这两件事基本相同，那么不管灯泡怎样又有什么关系？黑暗对他来说会有多大危害？事实上，他可能在黑暗中比在灯光下更步履稳健，因为他已经不习惯用眼了。"

"可能就是这样,"隆巴德说,"他匆忙跑出来,想要在我回来之前溜走,匆忙中忘记闭眼了,睁着眼睛,就比你我强不到哪儿去。"

"你现在都把自己绕晕了,要让他感到刺眼,灯就应该亮着,但你整套理论的前提是灯不亮,无论哪种情况,重点是什么呢?一个人要等着他踩空,把脖子撞断,这可能性大吗?"

"好吧,这就是一场反常的意外,"隆巴德心烦地甩甩手,转身下楼,"我要说的是,时机不太对,我一联系上你,他就——"

"会发生的,你知道,事故发生的时间由不得你选。"

隆巴德心灰意冷地跺着脚,走下楼梯,每一步都重得仿佛全部体重压下来。"本来能从他身上挖到的线索现在全没了。"

"不要灰心,你还会找到其他人的。"

"他身上的永远找不回来了,本来就在这里,等着我去挖掘的。"他来到尸体所在的走廊上,突然回过头,"怎么回事?什么情况?"

伯吉斯指着墙。"灯泡又亮了,你一走路,楼梯晃动,灯就恢复正常了,这就解释了第一次发生的事情:他的跌倒破坏了电流,这盏灯的线路肯定有问题。"他示意隆巴德离开,"你也走吧,我自己通报就可以,你还要继续调查,不要让这件事扰乱了心思。"

隆巴德心情低落,下楼来到街道,周围一片冷清。伯吉斯留下来,待在走廊上纹丝不动的尸体旁边。

处决前第十天

那个女孩

伯吉斯留给她一张纸条：

克利夫·米尔本

剧场音乐家，卡西诺剧院，上个季度。

目前工作，雷劲特剧院。

还有两个电话，一个是警察辖区电话，需要联系时使用；另一个是他自己的家庭电话，以便下班后应急之需。

他对她说："我无法告诉你怎么做，你必须自己考虑，你的直觉会比我更清楚该如何行动。不要害怕，利用自己的聪明才智，一切都会好。"

这就是她的做法。她站在镜子前面，这是她能想到的唯一办法：变身。干净利索的男孩子打扮消失了；以前在微风中飞舞、从一侧洁白无瑕的面颊拂到另一侧的秀发也不见了，取而代之的是弯曲的黄铜色大卷和波浪，喷了定型啫喱，硬得像金属钢盔；过去年轻有活力、优雅随性的穿衣风格也不复存在，她独自一人在屋里，看到特地穿上的紧身衣，都吓了一跳。新换上的裙子特别短，坐下的时候肯定可以吸引他的注意，这最好不过了；她的两颊上打着大片的腮红，如同一对红灯那么显著，但效果却应该是相反的：这意味着前进；一串珠子项链在她颈间"噼啪"作响，太多蕾丝点缀的手帕上，充斥着香水的毒气，她一闻就恶心地皱起鼻子，赶紧塞进包里。她把自己打扮得浑身都是蓝色，以前从未如此。

斯科特·亨德森全程从镜子一边的相框里看着她，她害羞了，"你都不认识我了，对吗，亲爱的？"她懊悔地小声说，"不要看我，亲爱的，不要看我。"

这套打造诱惑形象流程中的最后一步，是一个低俗的可怕东西。她抬起大腿，穿上一条俗粉色的丝绸吊袜带，上面还有一朵玫瑰花饰，留在至少坐下刚好能看得见的位置。

她迅速转过身，"他的女孩"不应该是刚才镜子里的模样，那不是"他的女孩"。她走过去关掉灯，表面很镇定，内心却紧张不安，只有非常熟悉的人才能猜透她的内心。他其实瞥一眼就能看出来,却没心情留意到。

她一切准备就绪,来到门边,照例每次出发前都祈祷片刻,然后看着房间里面木框里的他。

"也许今晚,亲爱的,"她轻柔地低语,"也许今晚。"

她熄灯关门,他留在黑暗中的镜子下面。

她下了出租车,招牌的灯还亮着,但下面的人行道已经几乎没人了。她希望早点进去,以便有时间在剧院灯熄灭前应对他。她无心观看演出,戏剧散场出来时,她知道的剧情和进去时差不多,只记得演出的名字好像叫作"继续跳舞"。

她停在售票处。"我预订了今晚的票,正厅第一排靠过道的座位,咪咪·戈登。"

她已经等这部剧好几天了,因为她要的不是看一部剧这么简单,而是要被看。她掏钱买票,同时询问:"现在你确定电话里告诉我的事情了吗?架子鼓手是在剧院这一边,不是另一边吗?"

"是的,我收起名单前帮你查过了,"他向她抛了个媚眼,她早有准备,"你一定很想他,我只能说,幸运的家伙!"

"你不知道;不是针对他个人,我根本不认识他,只是——怎么解释呢?每个人都有一些爱好,我的碰巧是架子鼓。每次看剧我都尽量坐得靠近架子鼓,看见它们被敲击的样子,我很有感觉。我对架子鼓很着迷,从小就感兴趣。我知道听起来有些疯狂,但是——"她摊开手,"就是这样。"

"刚才真是冒犯了。"他低头道歉。

她走进去。门口的检票员刚刚到岗,引导员也才从楼下的更衣间上来,她来得太早了。无论剧院楼厅的状态如何,"迟到已变成时尚"这条不成文的规定被打破了,她肯定是正厅那一层的第一位顾客。

她独自坐着,头发闪着金光的小身躯淹没在空座的汪洋大海里。她裹紧外套,从三个方向小心隐藏着自己艳丽的打扮,只希望从正面完全发挥出关键的效果。

她后面的椅子开始越来越频繁地翻下来;周围的沙沙声和低声说话声说明剧院在慢慢地填满。她盯着一个地方,只有一个地方:舞台边缘下面那扇半隐半现的门。门缝里有光透出,能听见后面的声音。他们聚在里面,准备出场工作。

突然门开了,他们开始登上乐池,每个人的头和肩膀都要剧烈弯曲才能通过。她不知道哪一个是他,在他就坐前都不会知道,因为她从来没见过这个人。他们一个接一个坐下,椅子安排在舞台口一个狭窄的半月形空地上,头在脚灯之下。

　　她似乎专心翻阅着膝盖上的节目册,头低垂着,但时不时抬头,通过乌黑浓密的睫毛留意,正在走过来的这位吗?不是,他很快就找到位子。后面那一位吗?好邪恶的一张脸呀!当他停在她面前的第二把椅子时,她松了一口气,是吹单簧管或者类似乐器的。那么这一位肯定是他——不对,他转身到了别处,是拉低音提琴的。

没有更多人了,她突然非常不安,最后一位甚至关上了门,没有人再从里面出来。他们全部就座,开始调音准备演奏,就连乐队指挥也已登台。架子鼓前的椅子,在她座位正前方,不祥地空着。

他可能被开除了——不对,那样他们会找人代替。他也许生病了,今晚无法演出,噢,但是计划必须今晚执行!或许除了今天,本周的每晚他都在,可是她接下来几周里都不一定再能坐到同样的位子。这场剧的票卖得非常好,需求量很大。她等不起那么久,时间相当宝贵,已经没剩下几天了。

她可以偷听到他们之间的议论,声音低沉带些轻蔑。她距离足够近,几乎能听到一切对话,但屋里的其他人听不见,因为声音被调音的嘈杂声遮盖住了。

"你见过这样的人吗?我记得这一季开始后他就准时到过一次,罚款也起不到效果。"

中音萨克斯管说:"他是不是又在路上和美女搭讪,忘记出来了?"

后面一个人开玩笑地插话道:"好的鼓手难找呀。"

"并没有那么难。"

为了不引起他们的注意,她盯着节目册上的演职员名单,压抑着内心的紧张,全身僵硬。讽刺的是,乐队里所有人都来了,唯独缺了这一个，唯一有用的一个人。

她想："这和可怜的斯科特那晚的运气一模一样。"

前奏曲准备奏响，他们各就各位，光柱打到乐谱上。突然，当她没有再留意、放弃希望的时候，通向乐池的门迅速打开又关上了，快得就像间歇光闪了一下，一个身影沿椅子外围急促快跑到她面前的空位，弯着腰一方面为了提高速度，另一方面尽可能避免引起指挥的注意。因此她见到他第一眼就觉得他像啮齿类动物，而且一直保持这样的印象。

指挥愤怒地瞪了他一眼。

他没有愧疚，她听见他气喘吁吁地小声问旁边人："哥们，你说我明天这个时候能遇见美女吗？肯定的！"

"是，唯一肯定的是什么都不会发生。"旁边人冷漠地回答。

他还没看见她。此时他正忙着拨弄架子，调整乐器。她的手伸到自己侧面，把大腿上的裙子拉起不明显的一英寸高。

他调试完毕后，她听到鼓手问："剧院今晚怎么样？"说着他转头透过乐池栅栏向外看，这还是进来后第一次。

她准备好了，瞄准他，正中要害。在她低垂的视线范围之外，鼓手一定用手肘推了推旁人，她隐约听见另一个人回复："是的，我知道，看见了。"

她狠狠地命中靶心，可以感到他的视线在自己身上，甚至能画出视线射过来的弯弯曲曲的弧线。她稳住步调，现在不能太快，不要马上开始。她心想："真滑稽，我们竟然知道这些事情，所有人，哪怕以前从来没有尝试过。"她专心注视着节目册上一行字，仿佛永远猜不透其中神秘的含义。节目册上都是原点，从这一页的一侧延伸到另一侧，这有助于她的眼神保持平稳。

"维多琳……迪克西·李……"

她数了点数，从角色名字到演员名字，一共二十七个。足够久了，已经有一些时间了，她慢慢抬起睫毛，露出双眼。

四目相撞，并且继续对视。鼓手没有动，以为她会躲避，结果她接受了这般注视，和他一样保持不动。她的目光好像在说："你对我感兴趣吗？好吧，随便，我不介意。"

鼓手对她的坦然接受略显吃惊，持续全神贯注地凝视，还试探性地笑了一下，笑容很犹豫，准备随时打住。

她又没有拒绝，而是报以相同的微笑，随后他的笑容加深了，她也照做。

初步交流结束，他们就要——这时，该死，背幕后面铃声响起，总指挥轻敲请大家注意，并伸展手臂摆好姿势，猛地一甩——前奏曲奏响，他和她的对视不得不中途断开。

她安慰自己没关系，目前为止一切顺利，这场剧不可能一直都是音乐，没有剧是这样的，中间有休息片刻。

幕布上升，声音、灯光、身影浮现，她不是来看剧的，不在意台上演着什么，满心都是自己的事情，她的任务是搞定一个音乐家。

幕间休息时间，其他人一出去休息抽烟，他就转过来跟她说话。他坐得最远，所以理应最后一个走；这给他不被察觉、偷偷搭讪的机会。她身边的人也都走出去了，因此他们可以单独讲话，他之前的疑虑此刻也打消了。

"到现在为止感觉如何？"

"非常好。"她的声音低沉而性感。

"演出结束后有事情做吗？"

她噘起嘴来："没有，我倒希望有呢。"

他跟着乐队其他人往外走，"现在，"他得意洋洋地说，"你有事情做了。"

他刚走，女孩就迅速往下拉了拉裙子，感觉自己需要用很多很多沐浴露，洗一场滚烫的热水澡。

她的表情恢复正常，就连脸上的妆都无法掩饰这种变化。在一排空座位的尽头，她忧伤地坐着，独自一人。"也许今晚，亲爱的，也许今晚。"

当最后的帷幕落下，剧场灯光再次点亮时，她留在后面，一会儿假装掉了东西，一会儿假装整理行头，其他观众都缓缓从过道挤了出去。

乐队奏完结束曲，他给了钗和鼓最后一击，用手指稳定后，放下鼓槌，关闭架子上方的灯。他忙了一晚，终于回归自己的时间了。他慢慢转向她，仿佛感觉自己已经在当下占了优势。"美女，在舞台过道上等我吧，"他说，"我五分钟后过来。"

就连在外面等他这样简单的动作都令她感觉羞耻，她也不能确定原因，可能是他的个性渲染了一切。她不停地走来走去，浑身不适，还有一点儿害怕。所有乐队成员都在他之前出来（他甚至不肯缓解她的尴尬，一定要走在最后一个），经过时瞥她一眼，更加让她不适。

这时，他出其不意地出现，拉着她就走，换句话说，在她留意到之前，他就强行挽住她的手臂，停也不停地拖着走。她心想，也许这也是他的性格。

"我的新朋友感觉如何？"他风趣地开始搭话。

"很好，我的新朋友呢？"她回答道。

"我们去乐队其他人去的地方，"他说，"没有他们我会感冒。"她知道他的意思，自己就如同别在翻领纽扣上的花束，需要拿来炫耀。

现在是十二点钟。

到两点钟他已经喝了很多啤酒，心情愉快卸下心防，她决定是时候进入正题了。现在他们坐在两个相同的座位上，乐队其他人还在远处看得见的地方，他们很知趣，礼貌地保持一定距离。乐队的人移动，他和她也跟着移动，但即使在新的位子，也和他俩分开坐，让他俩单独一张桌子。他偶尔会站起来加入大集体，再回到她身边，但其余人从不过来参与他们的交谈，这点她注意到了，也许因为她是他的,他们理应远离吧。

她一直在密切寻找自己开始的良机,知道最好抓紧时间;毕竟夜晚的时间没有很多,她无法接受再重复一次这样的晚上。

最后正如她所愿,机会在一次令人作呕的恭维中自己降临。他一晚上都在用糖衣炮弹对她狂轰乱炸——任何时候都不放过,像一个心不在焉的生火工人试图让火保持燃烧一样。

"你说我是坐在那个位子上最漂亮的姑娘,但你肯定很多次转头在正后方看到过喜欢的人,给我讲讲她们吧。"

"她们无一能和你媲美,我就不浪费口舌了。"

"只是闲聊而已,我不嫉妒,说说看:如果能选的话,自从开始表演戏剧,在所有坐在你身后、和我今晚坐着相同座位的漂亮女孩中,哪一个是你最想带出去的?"

"当然是你。"

"我知道你会这么说,但除了我呢,谁是你的第二选择?我想知道你能记得多少,我打赌你记不住她们的脸。"

"我记不住?好吧,证明给你看,有一晚我回过头来,看见一位贵妇坐在跟我只有一栏之隔的位子——"

桌子底下,她用手握住自己手臂内侧,紧紧压住,仿佛上面有不可忍的痛处。

"是在另外一间剧院,卡西诺,我不清楚,她身上的什么让我印象深刻——"

一个接一个的瘦长身影从他们桌前溜过,最后一个停了一分钟,他说:"我们要去地下室玩摇滚爵士,一起来吗?"

她紧握的手松下来,沮丧地滑到椅子一旁。他们都起来了,挤在后面地下室入口处。

"不要,留下来陪我,"她力劝,伸出手抓住他,"讲完你的——"

他已经站起来。"来吧,错过了你会遗憾的,小侦探。"

"你们在剧院演奏了一晚上还不够吗?"

"够了,但那是为了赚钱,这是为了自己,你快来听听。"

她看得出,他无论如何都要走,那比她更有吸引力,所以也不情愿地站起来,跟着他穿过狭窄的砖墙楼梯,来到餐厅地下室。他们在一间很大的房间里集合,里面乐器设备齐全,连立式钢琴都有,这些人肯定玩过很多次了。天花板中央一根松动的电线上,挂着一只大且冒着烟的灯泡。为了增加亮度,他们在瓶子里插了些蜡烛。屋子中间有一个破旧的木桌,上面有几瓶杜松子酒,几乎一人一瓶。其中一人铺开一张棕色的包装纸,放上许多香烟,以便大家随心抽。这些烟不是楼上的人吸的那种,而是被他们称为大麻的卷烟,里面是黑色的芯。

她和米尔本一进门,他们就拉上门闩,以免受外界打扰。她是唯一的女性。

这里有一些装运货物的箱子和空白纸板箱,还有一两个可以坐的桶。单簧管忧郁地轻吹起来,一场躁动正式开始。

接下来两小时是但丁地狱式的演奏,她知道一旦结束自己将不相信一切都是真的——倒不是音乐,音乐很不错——而是因为他们千变万化的影子,隐隐约约的黑影,在天花板墙上摇曳;是因为他们真实的脸,着了魔似的,凶残可怕,在一些音节上突然静止,然后似乎逐渐散开;是因为杜松子酒和大麻香烟,使空气烟雾缭绕;是因为注入到他们体内的疯狂,有时把她挤到角落或者双脚爬上货物箱。他们中有人时不时单独冒出来,步步逼近让她缩到墙边,挑选她因为她是个姑娘。他们还把管乐器对着她脸吹,声音震耳欲聋,还用乐器撩拨她的头发,令她胆战心惊。

"快来,站在桶上跳舞!"

"不行!我不会!"

"不一定用脚跳,用其他部位跳,这才是舞蹈的意义。不用担心裙子,我们都是朋友。"

"亲爱的,"她心想着。直到她从那只狂躁的萨克斯风旁边逃掉,他才不再追她,只对着天花板吹出一声无法言语的嚎叫,"噢,亲爱的,你可把我害惨了。"

"未来的节奏,从来不合拍,

任何鼓的弹奏,在我耳膜,使我摇摆。"

她设法在房间两侧移动,走到灾难源头的架子鼓旁,抓住他疯狂挥动的手臂，按住片刻让他听得到自己说话。"克利夫，带我离开这儿，我受不了了！告诉你，我再也受不了了！我简直快要晕倒了！"

从眼睛里可以看得出，他已经吸食了大麻。"我们去哪儿，我家？"

她不得不同意，这是唯一能让他离开这里的办法。

他起身带她出去，身体有点踉跄。门打开后，她像从弹弓里飞出去一样逃走，他随后出门。看起来他可以随便离开，不需要任何解释或者告别，其他人甚至好像没注意到他提前告辞。门一关上，里面疯狂的骚动就被隔离了一半，仿佛用刀切断了联系，突如其来的安静一开始还显得奇怪。

"你是出其不意、支离破碎的时光，
让我思考、睡觉、醉倒——"

餐厅楼上阴暗空旷，只有一盏夜灯在后面发光。当她走到人行道时，感到有点头晕眼花，因为从那间发热的房间出来后，适应不了外面这样凉爽、透澈的空气。她感觉自己从未呼吸过这么甘甜纯粹的气息，身体倚靠着大楼的一侧，如饥似渴地呼吸着，脸颊贴着墙壁，像俯卧一样。他关好门，过了一会儿跟出来。

现在应该凌晨四点了，但天色依旧很暗，整个城镇都在沉睡，有那么一瞬间她好想拼命逃走,离开他,和这里的一切断绝关系。她知道自己会比他跑得快,他没有力气追赶。

但她被动地留下了。她房间里有幅照片,每次进门第一眼就可以看到。若是逃走,她虽能回到照片旁,但机会却永远消失了。

他们乘出租车离开。他家在一排由旧房子改造成的公寓里,每层只有一间。他带她上到二楼,打开门和灯。这是一个令人压抑的住所;下面是黑旧的地板,头顶是涂着一层薄清漆的天花板,周围是高高的、酷似棺材的窗户洞。这不是一个凌晨四点应该来的地方,和任何人都不行,更何况是他。

她瑟瑟发抖,站在门边不动,试着不要太在意他在里面啰嗦忙乱的样子。她希望自己尽量思路清晰并且放松自如,但反而越来越糟。

他终于锁上门,说:"脱掉外套吧。"

"不,不要,"她认真地说,"我冷。"

没有多少时间了。

"你要做什么,只是傻站着?"

"不,"她温顺地答,似乎有点心不在焉,"不,我不会只是傻站着。"她漫不经心地迈出一只脚,就像溜冰者试冰似的。

她环顾四周,绝望地打量着,该怎么开始呢?颜色,橘色,橘色的东西。

"你在找什么呢?"他抱怨道,"只是一个房间,以前没见过房间吗？"

她找到了，屋子尽头有一盏台灯，上面盖着一个廉价的人造丝遮布。她走过去打开，一小束光投射到上方的墙壁，形成圆形的光环。她伸手去摸，转身对他说："我喜欢这个颜色。"

他没有在意。

她继续摸。"你没在听，我说这是我最爱的颜色。"

这次他懒洋洋地望过来。"好吧，那又怎样？"

"我想要一顶这个颜色的帽子。"

"我给你买一顶，明天或者以后。"

"看，像这样，是我想要的样子，"她把整个底座扛在肩上，灯还在遮布里面亮着，然后转向他，布看起来罩在她头上，"看我，仔细看看我，你见没见过有人戴这个颜色的帽子？你能回忆起什么人来吗？"

他眼睛眨了两下，像猫头鹰一样一脸严肃。

"好好看看，"她恳求，"就这样一直看，你可以想起来的，难道你没在剧院里，你身后我今晚坐的那个位子上，见过什么人戴着这个颜色的帽子吗？"

他相当不可思议，非常认真地说："噢——我得到了五百美元！"突然他用一只手捂住眼睛，表情困惑，"嘿，我不应该告诉任何人的，"他抬起头，将信将疑地问，"我告诉你了吗？"

"是的，你说了。"这是唯一的答案，可能第一次对于说还是不说，他会犹豫不决，但第二次就不会，因为伤害已经造成，那些烟也许会影响他们的记忆。

她必须赶紧抓住机会，不敢放手，虽然她压根不知道他说的是不是同一件事，又或者是什么别的事。她立刻放下台灯，迅速冲到他身边，但又莫名地装作淡定从容。"再跟我讲一遍，我想听听，讲嘛，你可以告诉我，克利夫，我是你的新朋友呀，你自己也这样说的，还怕什么呢？"

他又眨了眨眼。"我们讲了什么？"他无助地问，"我忘了。"

她要把他嗑药断片儿的思绪拉回正轨。他的思绪如同电线时常出现故障，无力地垂挂着。"橘色帽子，看这里，五百——五百美元，记得吗？她跟我坐在同样的座位上。"

"哦，对，"他听话地回答，"在我正后方，我只是看见她。"他傻笑起来，又突然顿住，"只因为这个，我赚了五百美元，是不告诉别人我看见她的封口费。"

她感觉自己的手臂慢慢爬上他的领口，环住他的脖子。她没有试图停下，仿佛手臂脱离了肉体，开始独立活动。她把头贴近，抬起来望着他的脸。她有了想法，不用去猜是什么，但已经非常接近了。"跟我讲讲，克利夫，跟我讲，我喜欢听你讲话！"她说。

他眼里的光消失了，说："我又忘记我们在说什么了。"

思绪又被打断。"你因为不告诉别人看见过她，赚了五百美元，记得吗，戴橘色帽子的女士？她给了你那五百美元吗，克利夫？

谁给了你这笔钱？啊！快点，告诉我。"

"是一只手在黑暗中给我的钱，一只手、一个声音还有一张手帕。哦，对了，还有一个东西：一把手枪。"

她的手指一直慢慢来回抚摸着他的脑后。"对，但是谁的手呢？"

"我不知道，当时就不知道，后来也没找出来。我都不确定这事是否真的发生过，以为是大麻让我把幻想当真了，但有时又意识到这是事实。"

"怎么回事？快跟我说。"

"是这样的，有一天晚上我表演完到家很晚，进楼下的大厅时发现周围漆黑，以前那里有灯，好像灯泡坏了。正当我摸索到楼梯时，一只手伸出来止住我，又沉重又冰冷，狠狠地压在我身上。

"我背靠着墙问：'是谁？你是谁？'听声音是一个男人，过了一会儿，我的眼睛稍微适应了黑暗，看到了白色的东西，类似手帕，盖在他脸上。这让他的声音变得模糊，但能听清。

"他先说了我的名字和工作，看起来对我了如指掌，然后问我是否记得前一晚在剧院见过一个女人，戴着橘色帽子。

"我说要不是他提起，我早就忘了，现在倒是提醒了我。

"他一点情绪也没有，依然用同样轻的声音说：'你想挨枪子儿吗？'

"我完全不能回答，声音不听使唤。他把我的手放在他拿着的

一个冰冷东西上面,是一把手枪。我跳起来,但他按住我的手,确保我明白那是什么,说:'如果告诉别人的话,这就是你的代价。'

"他等了片刻后,接着说:'还是你更想要五百美元呢?'

"我听见纸张摩擦的声音,他在我手上放了什么。'这是五百美元,你有火柴吗?来吧,点根火柴,自己看看。'我照做,果然五百美元一分不少,但正要抬头看的时候,火柴就被吹灭了,我仅仅看见了手帕。

"'现在你没见过那个女人,'他说,'没有任何女人,无论谁问你,都说没有,一直说没有——你就一直活着。'他等了一分钟问我:'如果他们问你,你说什么?'

"我说:'我没见过那个女人,没有什么女人。'我全身都在发抖。

"'你可以上楼了,'他说,'晚安。'声音从手帕里传出来,仿佛从坟墓里爬出来似的。

"我火速冲上楼锁住门,不敢靠近窗户。这件事情发生前我就已经抽了大麻,你知道这会产生什么影响。"

他又露出令人毛骨悚然的傻笑,然后突然打住,"我另一天赌马输了这五百美元。"他伤心地说。

他疲惫不堪地站起来,把她从椅子把手上拉出来。"你要我讲这件事,让我又想起了之前有过许多次的那种恐惧和颤抖。给我一根大麻烟,我又想吸了,我身体撑不住了,需要提提神。"

"我身上不带大麻卷烟的。"

"你肯定从那里装了一些在包里，刚才和我一起在地下室，一定会带点出来的。"他坚信她同样也在吸这种东西。

包在桌子上，在她能过去呵止之前，他已经打开并把东西全部倒了出来。

"不要，"她突然慌张大喊，"什么都没有，不要看！"

她来不及抢回来，他已经看到了——那是一张被遗忘的来自伯吉斯的纸条。他着实惊了一下，一开始还没彻底读懂："怎么回事，这是我！我的名字和工作地址，还有——"

"不要！不要！"

他推开她。"先打辖区电话，如果没人再打——"

她可以看出他的脸上阴云笼罩，眼神里的疑惑像暴风雨，迅速席卷而来。女孩从中看到了更危险的东西；毫不掩饰、不加思量的恐惧，来自毒品产生的幻觉，这种恐惧可以摧毁其源头。他的眼睛开始瞪大，黑色的中心部分貌似要吞噬掉瞳孔的颜色。"他们故意派你过来，你不是偶遇我的。有人跟踪我，我不知道是谁，能记得是谁就好了——有人要用枪打死我，有人说他们会用枪打死我！我想不起来什么不该做——是你逼我说的！"他惊恐地大叫。

她从来没有对付过吸食大麻的人；只是有所耳闻，但毫无意义。她不了解毒品是如何加剧人的情绪的，比如怀疑、不信任和恐惧，假如它们已经潜伏在躯体里，会被膨胀超越爆炸点。不过仅是看他，她就得知自己面对的显而易见是一个失去理性的人。他的思想令人捉摸不透，已经朝着危险的方向发展，她没有能力阻止，也猜不透，因为自己神智正常，而他目前正好相反。

他站着不动，脑袋倾斜，目光从眉毛底下射向她，让人不置可否。"我告诉了你不该说的事情，噢，要是能记得是什么事情就好了！"他懊恼地用手掌拍打自己的额头。

"没有，你没告诉我，什么都没说！"她试着平息克利夫，意识到自己最好立即离开此处，而且要想成功出逃，就丝毫不能让他察觉。她慢慢向后移动，不动声色地一次迈一步，手放在身后，以便在他发现之前，开门解锁。与此同时为了转移他的注意，她死死地盯着他，与其对视，避免他的眼睛移向别处。整个过程缓慢得可怕，她感到自己越来越紧张，仿佛逃离一条盘旋的蛇，生怕动作太快会引发它更加猛烈的攻击，又怕动作太慢——

"没错，我说了，我对你说了不该说的事情，现在你会出去告诉别人，告诉那个跟踪我的人，他们会来处置我，像他们说的那样——"

"没有，真的没说，你只是以为自己说了。"情况没有好转，反而更加糟糕，她的脸一定在他视线里越变越小，没办法让他忽视自己正一步步远离。她现在靠在墙壁上，绝望地用背后的双手搜寻着，没找到门锁，只找到平滑未破损的墙纸面。目标有误，她不得不改变方向。女孩余光瞥到左边不远处有一块暗处，只要他站在原地不动，过不了多久——

不被察觉地向侧面移动，比向后移动难度大，她先悄悄伸出一只脚的鞋跟，然后脚掌跟着站稳，另一只脚也一样，这样两腿闭合，保持上身不动。

"你不记得了吗？我坐在椅子把手上抚摸你的头发，就这样，啊，不要！"她在最后的紧要关头呜咽着制止他。

惊恐只持续了几秒钟，却仿佛延续了一整晚，如果她能扔给他一根邪恶的烟卷，也许——

她悄悄侧身移动的时候，不小心碰到一张可以晃动的小桌子或柜子，有东西掉下来，发出"砰"的一声，声音不大，但出卖了她，打破了两人的对视。他狂躁的神经仿佛就在等这一信号，她本能地察觉到要发生什么。他如同一尊正从底座倒塌的蜡像，突然失去平衡一样冲过来。

她发出一声微弱的哭喊，挣扎着跑到门口，双手疯狂地摸索，只来得及摸到插在锁眼的钥匙，还没等她打开，他就过来了。

她从墙边跑开，抄近路奔向紧靠的一侧窗户，上面有百叶帘遮住窗框具体的轮廓，让她没办法在他赶过来之前拉开窗户向外面求救。在窗洞两侧挂着两条满是灰尘的长布帘，她拎起来抛向他，帘子绕在他的脖子和肩膀上，让他慢下来。

屋里有一张弃置的沙发，往斜对角方向越过下一个墙角。她跳到沙发后面，在能从另一边出来之前，被他堵住了出路。两人僵持在彼此的一侧，来来回回绕了两次，像猫捉老鼠的游戏，或者维多利亚时期美女与野兽的哑剧。五分钟前她可能会笑着说这种情景只会在"东林传"出现,但现在永远不会再以之说笑了——虽然很明显,这种情况只会再持续两三分钟。

"不要,"她不停地喘息,"不!不要!你知道他们会对你做什么——如果你这样对我——你知道他们会对你做什么。"

她不是在跟一个人讲话,而是在对付毒品的后效。

他突然一条腿跪在沙发座位上,绕过靠背抓她。里面三角形的空间太有限,让她无从后退。他的手指抓住她裙子一边的领口,趁他还没彻底抓紧,她马上疯狂旋转了两三圈。肩膀上一块布被撕下来,但她暂时成功脱身。

他的身体还俯卧在靠背上,她乘机飞速从沙发下端的空隙里逃出来,沿着房间第四面,也是最后一面墙快跑。她已经绕了一个完整的圈,马上又回到另一侧的大门口。要想走到房间中央,无论从哪个点出发,都要冲他的方向走,因为他占了里面的位置。

靠最后一面墙有一个黑暗的走廊,通往壁橱或者洗手间,但有过沙发的经历后,她毫不犹豫选择了忽视,生怕再被困在更狭窄的空间里,再说,通向外面大门的唯一安全道路,就在前方。

她死命抓住过道上一把细长的木椅,转过来用力向后扔,想要砸倒他,可惜他及时绕开,因此她只争取到额外的五秒钟。

她筋疲力竭,来到最后一个墙角,就是这场冗长的"抢位子"游戏开始的地方。她正要向前走,他就出现在前方堵住了路,女孩没有来得及往回跑,几乎撞在他身上。他终于将她收入囊中,用手臂卡在自己和墙壁之间。她既不能向前也不能向后,剩下的唯一方向只有向下。趁他的手臂还没夹紧前,她弯腰冲出去,还因为离得太近不小心撞了他的侧身。

她尖叫着一个名字,一个在这一刻最无力的名字,"斯科特!亲爱的斯科特!"门就在前方,但她永远赶不上。她实在太累了,没办法再跑了。

那盏用来唤醒他回忆的台灯还在原位,虽然太轻了不足以拿来对付他,她还是拿起来扔了过去。没有砸中,灯远远地掉在一边,摔在肮脏的地毯上,连灯泡也没碎。他丝毫未受到阻碍,快速奔过来,两人都知道这次女孩肯定束手就擒——

这时有事情发生了,他被绊了一下,她起初不知道是什么绊的,后来才想起来。猛跌在地板上没碎的台灯从他身后墙根发出一束蓝光,他全身倒地,摔在女孩和灯之间,四脚朝天。

这样他和那扇该死的门之间就有了一段距离,他双手摊在地上,挡了部分的路。她生怕跑过去又被拖住,但留在原地更恐怖,于是跳过他的身体,绕过他挣扎的手指,来到门口。

这一瞬间可以很长,也可以很短。就在这个瞬间,他无助地脸朝下趴在地上。她感到自己双手哆嗦地拧着钥匙,像一场梦,一切都不属于她。一开始钥匙方向反了,门没有开;必须再倒拧一圈到另一边。他没有站起来,用肚子蹭着地板往前爬,试图爬过两人之间这几英寸的空间,抓住她的脚踝,把她拽倒。

这时门锁发出"咔嗒"一声。门被用力向里拉开,她立刻冲出去,什么东西碰了她鞋子圆形的跟部,发出类似轻敲指甲盖的声音。

五味杂陈的感受涌上心头,她感到既恐惧又放松,自己也说不清楚——恐惧的是他可能会追上来,但并没有。她发疯似的逃下阴暗的楼梯,什么都看不清楚,只是一股脑地往外跑,最后打开了公寓大门。外面天还黑着,空气冰冷,她终于安全了。女孩继续摇摇晃晃地走着,离开这个记忆中永远挥之不去的邪恶之地。她在空旷的人行道上踽踽而行,像个醉汉——的确是醉了,被寒毛直竖的畏惧灌醉了。

她记得转了个弯,并不确定自己在哪儿,看到前面有光,就一直跑过去,不给他追上的机会。她来到一家店,周围是装着萨拉米香肠的玻璃盒和盛着土豆沙拉的盘子。这一定是家通宵熟食店。

除了一个在柜台后面打盹的男人,这里一个人也没有。他睁开眼,看到她一脸茫然地站着,裙子的一边肩膀被撕开。他跳起来,凑近了些,手撑在柜台上,细细打量着她。

"小姐你怎么了?出事故了吗?我能为你做些什么?"

"给我一枚五分硬币,"她呜咽起来,"请给我五美分——让我用用你的电话。"

她过去投币,依然不由自主地抽泣着。

这位善良的老伙计向后面的里屋喊道:"孩子妈,到前面来一下，这里有个孩子遇到麻烦了。"

她拨通了伯吉斯家里的电话,这时候已接近凌晨五点。她都忘了说自己是谁,但他一定猜得出。"伯吉斯,能过来接我吗？我经历了些糟糕的事情,恐怕没办法一个人回去了——"

老板娘头上卷着卷发纸,身上穿着浴袍走进来,和老板在后面商量怎么让她平静下来。"黑咖啡怎么样？"

"可以,只有这个,我们没有阿司匹林。"

老板娘走过去,坐在桌子对面,怜爱地轻拍她的手,温和道："孩子,他们对你做了什么？让你骑了一匹泥地上跑的马吗？"

她脸色苍白,还在哽咽,却忍不住笑出了声。她自己的妈妈是个不苟言笑的侦探,从来没有这样的幽默感。

伯吉斯独自进来,领子向上翻到耳朵周围。此时她正蜷缩在一大杯冒着热气的黑咖啡旁,本来还在瑟瑟发抖,现在慢慢缓和下来。他一个人过来,因为这不是公事；就他个人而言与工作无关,算私人事宜。

她见到他又哭起来。

他看了看她。"啊,可怜的孩子,"他沙哑着喉咙说,在旁边拉出一把椅子坐下,"真的很严重吗？"

"现在不算什么,你应该看看我五或十分钟之前的样子。"她靠过来,暂且不提自己的遭遇,一本正经地说,"伯吉斯,这一次很值！他见过那个女人！不仅如此,有人后来找过他,给他钱,我猜应该是她的人，你可以让他全部说出来，对不对？"

"当然，"他立刻接话，"如果不能我们就没必要尝试这些了，我立刻去那里，先给你找一辆出租车——"

"不，不，我想跟你一起去，我没事了，已经恢复了。"

熟食店夫妻来到门口，目送他们走在晨辉照耀的街道上，伯吉斯脸上很显然可以看出不赞成的神态。

"呀，这兄弟对她真好！"老板轻蔑地说，"凌晨五点钟把她一人留在外面！现在来了又能拿那个做了坏事的混蛋怎么样呢？太晚了！把她搞成这个样子，真是个窝囊废！"

伯吉斯打头，不声不响地爬上楼梯，向后指示她慢点走。等到她赶上来时，警探已头靠在门上，悄悄聆听片刻了。

"好像出去了，"他低声说，"听不到声音。向后退一点，别站得太近，以防他突然开门。"

她往楼梯下面退了几步，只有头和肩膀露在地板平面上。只见他拿什么东西小心翼翼地开着门，却听不见任何声响。门忽然开了一条小缝，他手背在身后，警惕地朝前走。

她紧随其后，屏住呼吸，随时等待着突如其来的打斗，或者潜伏在某处的攻击。她才走到门口，灯猛然从里面亮了，虽然没声音，还是吓得她浑身痉挛。他打开了灯。

她向屋内张望，刚好看到他消失在隔壁墙的走廊里，就是那个刚才自己疯狂逃命时经过的走廊。她战战兢兢地跨过门槛，稍微找回了点勇气，他顺利走过第一个房间，正说明这里空无一人。

第二盏灯突然悄无声息地点亮，照亮了他走进的那间黑暗屋子，原来那是一间白色墙壁的浴室。她站在房间和他的同一条直线上，可以一清二楚地看见里面有一个老式的四脚浴缸，边缘上挂着一个人的臀部，身躯弯得如同衣夹，鞋底向后翻上来。这样一个地方的浴缸肯定不是大理石材质的，却给人一种外面都是大理石铺砌的奇怪错觉，可能是由于上面的红色纹理，或者说流在外壁上的两条红色东西——红色纹理的石头——

一度她以为他不舒服，昏了过去，刚要走进时，伯吉斯大喊一声："不要进来，卡萝尔，待在原地！"她骤然止步。他走过来把门掩上，虽然没有完全关闭，但她什么也看不见了。

他在里面待了很久，她留在外面等候。女孩感到自己手腕在发抖，但不是因为害怕，而是由于一种紧张感。她意识到里面发生了什么，并猜得到原因，她的成功逃脱，使他由于药物滥用而放大的恐惧变得不可忍耐，残酷的后怕在无形中包围着他，鉴于无法辨认而更加恐怖。

她瞥到桌子上一张撕下的纸片，更加确认了自己的想法。五个几乎看不清的字，越来越模糊变成一条毫无意义的曲线，从纸片一直延伸到地上一根铅笔头那里。"他们追踪我——"

门缓缓打开，伯吉斯终于出来了，脸色比进来时更加惨白。他大步走向她，她不得不向后退，不自觉地一直退到门口。"你看见那个了吗？"她问起纸片的事。

"进来的时候看见了。"

"他是——？"

他把手指戳到耳朵下面，沿着脖子划到另一只耳朵，以作回答。

她深吸一口气。

"快点，离开这里，"他善意地说，口气严肃，"这里不适合你。"他将两人身后的门关上，看起来和来时一样。"那个浴缸，"他把双手放在她颤抖的肩膀上，领她下楼，并小声嘟囔，"我再也没法想象红海——"意识到她在听，他闭上嘴。

他在街角送她上出租车。"你坐车回家，我还要回来解开纸条的意思。"

"现在情况不好,对吗？"她扒在出租车窗户上,眼泪汪汪地问。

"对，现在情况不好，卡萝尔。"

"我不能去复述他告诉我的话吗——？"

"那只能被认作是道听途说，你听说他见过她，并收钱说没看见，只是二手的证据。这样不行，他们不会采纳。"

他掏出一块折叠了很多层的手帕，在掌心打开，她看到他盯着上面的什么看。

"这是什么？"她问。

"你说是什么？"

"一片剃刀刀片。"

"还有呢？"

"一片——安全剃刀刀片？"

"对了，当一个人用老式的刀片抹脖子时——如同我在浴缸底下找到的那个——那柜子抽屉衬纸下面的这种刀片又作什么用呢？一般人会用其中一种，不会两种都用。"他又说，"他们会说是自杀，我让他们这样判断——目前暂时如此。卡萝尔，你回家，无论怎样，你今晚不在这里，不会被牵扯进来，我会搞定的。"

出租车行驶在晨光苍茫的街道上，朝家的方向驶去。她一直垂着脑袋。

不是今晚，亲爱的，终究不是今晚，但也许是明晚，或者后天晚上。

处决前第九天

隆巴德

这是一家不可思议的豪华酒店，细长的摩天楼单独耸立于其他普通建筑之上，像一个翘起的贵族鼻子，傲慢不逊、目下无尘。它仿佛镶嵌着宝石、铺着长毛绒的栖木，从电影聚集地往东边飞的极乐鸟常常落在上面休息；被雨打湿华丽羽毛的鸟类，在暴风雨来临前向西边飞，如果能赶来的话，也成群结队地到此寻找藏身之处。

他晓得，这件事得使点手腕，需要一点恰当的技巧和方法。他不会犯战略性的错误，企图未经核对就要求进入，这不是那种一旦请求或首次尝试，便能受到接待的地方，你要去灵活争取，走个后门。

他先找到花店，通过一个弯曲的蓝色玻璃门从大厅进入，问："能告诉我门多萨小姐最喜欢的花是什么吗？我知道你为她送过许多花。"

"我不能回答。"花店店主拒绝道。

隆巴德掏出一张钞票，重复之前的话，好像第一次声音不够大。

店主显而易见明白了。"来电者总是送普通的花，兰花、栀子花之类的，但我碰巧了解到在她的家乡南美洲，这些花随处可见，并没什么大不了。如果你想来点真正值钱的——"他放低分贝，就像这些花价值连城一样，"有几次她给自己订花来装饰公寓，买的是深橙红色香豌豆花。"

"店里有的我全要了，"隆巴德立即说，"一朵也不要剩，给我两张卡片。"

一张卡片上他草草用英文简单写了一些话，然后掏出一本小小的口袋字典，把它们逐字翻译成西班牙语，抄在第二张卡片上，然后把第一张扔掉。"这个放在花里,确保送到手,大概需要多久？"

"五分钟,她在大楼里,服务员会坐电梯上去。"

隆巴德回到大厅，在服务台前站着，低头盯着手表，似乎在数脉搏。

"有什么事吗，先生？"接待员问。

"暂时没有。"隆巴德摆手示意。时机未到。他等待着,希望一击而中。

"就现在!"稍等片刻后他说,把接待员吓得向后一跳,"给门多萨小姐的套房打电话,问给她送花的先生是否可以登门拜访片刻,名字是隆巴德,不要忘记提到花。"

接待员回来时满脸诧异,轻轻地回话:"她说可以。"很显然酒店不成文的规定被打破了,有人第一次尝试就成功了。

与此同时,隆巴德飞速上楼,宛如一枚发射到摩天大楼里的火箭,出现在走廊时他的膝盖微微颤抖。一扇开着的门前,一位年轻女子站着等候,从黑色塔夫绸制服看得出来,这是贴身侍女。

"隆巴德先生吗?"她问。

"是我。"

毫无疑问在获准进入前,还需要最后一轮审问。"不是媒体采访对吗?"

"不是。"

"不是要签名对吗?"

"不是。"

"不是要写推荐信对吗?"

"不是。"

"不是什么账单,呃——"她稍作犹豫,"——小姐忘记付的,对吗?"

"不是。"

最后一点貌似是最关键的一个,她没有再问。"稍等,"门关上,很快又打开,这一次完全打开了,"您可以进来了,隆巴德先生,小姐会在查阅邮件和做头发的时间空档见您,请坐!"

隆巴德发现自己来到一个非同寻常的房间,不是由于室内面积或窗外辽阔的视野,也不是令人叹为观止的豪华装修,尽管这一切都绝非一般;而是因为杂乱的噪音,即使屋里没人,喧闹声也足以布满整间房,事实上这是他见过最吵的空房。一边门道发出嘶嘶的喷溅声,不是水龙头流水声,就是热油炸东西的声音,可能是后者,因为有一股辣味飘出来。夹杂着传来的是断断续续的歌声,很欢快的男中音,但不怎么好听。另一处门道,比之前的宽两倍,门时不时地开开关关,里面是更加快节奏的各种音乐,他尽其所能分辨出不同的来源,有被电波干扰着的无线电桑巴音乐节目;有用机关枪似的西班牙语喋喋不休的女声,连呼吸的停顿都没有;有间隔不超过两分半钟必响的电话铃。最后,混在所有大杂烩中间,偶尔冒出令人抓狂的吱吱声,尖利刺耳,像指甲划玻璃或粉笔在黑板上打滑的声音。还算好的是,这种讨厌的声响隔很久才出现一次。

他坐着耐心等待,既然进来了,战争的一半已经赢了,也不在意下半场要持续多久了。

侍女有时窜出来,他以为要叫他,正要起立,就发现她在忙更重要的事情，从她急促的脚步中就可见得。她跑进发出嘶嘶声和男声歌曲的屋子，大叫着警告："不要放太多油，恩里科！她说不要太多油！"之后回到她出来的地方，伴随着可怕的重低音，似乎要震碎墙壁。

"我是给她做饭，还是给浴室地板上她扔掉的破时钟做饭？"

她来去手里都拿着一件羽状粉色白生丝外套，展开来拎着好像有人即将要穿，但看起来与她做的工作无关。衣服随着人的走动摇摆，羽毛薄片飘在空中，缓缓落在地上，这时她已经走过很久了。

嘶嘶声终于停下来，伴随着一声拖长的"啊！"似乎在表示满意。一位矮胖的咖啡色男人，身穿白色夹克，头顶厨师帽，手托半球形托盘，心满意足地摇晃着脑袋走出来，进入隔壁房间。

此后一阵安静，只是暂时的，接着又迎来一阵骚乱，使得前面的喧闹就像是金贵的沉默爆炸了。这次的噪音除了之前所有那些，还增加了新元素：保温锅猛砸在墙上的声音，像狠敲的锣声，中间顿了顿，又听见锅子在地上滚动的声响。

矮胖男人怒气冲天地跑出来。他的皮肤不再是咖啡色，而是夹杂了鸡蛋黄和红辣椒的颜色；他的手臂挥舞得像风车，怒道："这次我要回去！坐下一班船回去！就算她跪下来求我，也不回头！"

隆巴德坐在椅子上，身体稍微前倾，用小拇指堵住耳朵想要得一番清静，毕竟人类的耳膜很脆弱，无法承受如此折磨。

他放下双手时，发现噪音又一次平息了很多，回到了常态。

隆巴德不由松了一口气，至少你能听见自己脑子里想着什么。现在电话平静了，门铃又不停地响，侍女开门请进来一位深色头发、留着精致小胡子的男人，和他一样坐下来等待，但比隆巴德少了一些耐心。他几乎立刻又站起来，来回走动，步调有点太短了，和踱步的距离很不协调。这时他看到隆巴德送来的香豌豆花，拔出一支凑到鼻子下。隆巴德马上打消了自己进一步交谈的想法。

"她准备好立即见我了吗？"新来的男人逮住侍女问道，"我有个新主意，让我好好抚摸这朵花，在花瓣散落之前，我要进去。"

"我也要。"隆巴德心想，凶巴巴地盯着他的脖子。

男人坐下后，又站起来，不耐烦地抖动着膝盖。"没时间了，"他提醒道，"花瓣快没了，一旦掉光了，我就要回去！"侍女带着这些可怕的警告逃回屋里。

隆巴德自言自语，声音有点大，差不多能听见。"你早该回去了。"

不管怎样，这一招奏效了，侍女又出来，招手让他进去，看起来很紧迫又加以克制。隆巴德向他扔掉的香豌豆花撒气，先用脚趾利索地接住，又大力向上抛，仿佛这样做能让自己好受。

侍女走出来，为平复他的烦躁，俯身悄悄说："她肯定会在这个人和戏服裁缝之间找时间见您。您知道，这个人很难对付。"

"噢，我不知道。"隆巴德反驳，微微抖动自己伸出去的脚，专心注视着它。

后来是久久的平静，至少相对来说。侍女只出来一两次，电话只响了一两次，甚至机关枪似的西班牙语也只是断断续续地传出来。要坐下一班船的私人厨师出现了，戴着贝雷帽和围巾，穿着带绒毛的大衣，看起来更加圆胖，面带一副委屈相。但他只是问道："问她今晚是否在这儿吃饭，我自己问不了，不能跟她讲话。"

隆巴德的前一位终于结束会面，手里拿着工具箱离开，又绕回来拔了另一支香豌豆花。隆巴德走向盛着花的花托，恨不得一次让他全搬走，但努力克制了冲动。

侍女又现身在"女神"的"圣殿"门口，通报："小姐现在可以见您了。"他站起时，发觉双腿已麻木了，便前后拍打了几次，整理了一下领带和袖口，走了进去。

他只瞥见一个身影伸展在躺椅上，姿态像埃及艳后，一个柔软毛茸茸的东西从空中飞过来，"吱"的一声落在他肩膀上，和在外面时不时听到的指甲划玻璃的声音相同。他紧张地后退，感觉有一条长长、绒绒的蛇紧紧地缠绕在喉咙上。

躺椅上的身影对他微笑，如同一位慈祥的家长看着惊慌失措的儿女："不要害怕，先生，只是小碧碧。"

有个宠物名对隆巴德来说只是一点点安慰，他试图扭头看它，但离得太近了。看在接下来自己任务的份上，他勉强挤出一丝笑容。

"我凭碧碧判断，"女主人坦白，"这么说吧，碧碧是我欢迎客人的宝贝，如果它不喜欢这个客人，就缩在沙发下面，我会尽快结束对话；如果碧碧喜欢，就跳到客人的脖子上，他们就可以留下。"她示好地耸耸肩，"它一定喜欢你，碧碧，从人家脖子上下来。"她没有诚意地劝诱。

"不，让它在这儿吧，我丝毫不介意。"他忍让着慢吞吞地说。隆巴德意识到这是一次虚假的试水，只是表面功夫的责备。他的鼻子分辨出这个可恶的东西是一只小猴子，身上满满的古龙香水味，尾巴翻转着向另一边倒回。他显然成功了，感到自己头发被用力扯开检查，好像在寻找什么。

女演员愉快地欢呼，如果有东西能让她心情大好，那么这只猴子看上去可以，因此隆巴德不能丧失这次和它接近的机会。"请坐。"她友好地说，他僵硬地走到椅子跟前坐下，小心翼翼保持着肩膀的平衡，抬头第一次正视她的脸。她披着粉色白生丝披肩，穿着黑色天鹅绒睡裤，每条裤腿都有一件衬衫那么大。她的头发很吓人，像一块熔化的火山岩顶在头顶，这正是他前面那位香豌豆花爱好者的杰作，侍女站在身后用一片棕榈叶扇着，似乎要冷却它。"头发定型需要些时间。"她彬彬有礼地解释。他看见她偷看了一眼刚才花束里带的卡片，来得知他的名字。

"换换口味，收到带西班牙语卡片的花真是贴心，隆巴德先生，你提到从墨蒂雅过来，我们在那里见过吗？"

走运的是，她略过这个话题，省得他费心劳神编谎话了。她大大的黑眼睛含情脉脉，打量着天花板，双手叠在一起，脸颊靠在上面。"啊,布宜诺斯艾利斯,"她低语,"我的布宜诺斯艾利斯,好想念它!佛罗里达街夜晚的灯火通明——"

他来之前花了几小时翻阅旅行手册可不是白费的,"拉普拉塔海滨的沙滩,"他轻声说——"巴勒莫公园的赛马会——"

"别说了,"她皱眉蹙额,"不要说,我会掉泪。"他看得出,她没有表演,至少没有完全在演,只是把原本有的情绪夸张,用戏剧的方式表现罢了,基本上算真诚。"我为什么离开自己的国家?为什么来到这么远的地方?"

他知道,肯定与一周七千美元和十分之一的演出份额有关,但明智地没有说出来。

同时碧碧没有从他头皮上找到什么有趣的东西,失去兴致,沿手臂跑下来,一跃飞到地板上。虽然他的头发仿佛一坨大风吹过的干草堆,但这只小猴子还是让对话氛围缓和了不少。为了不得罪它敏感的女主人,隆巴德忍住没有赶它下去,所以短时间就建立了信任,她现在如他所愿心情舒缓。这时他决定果断行事。

"我来见你是因为听说你不仅才华横溢又美丽动人,而且非常有智慧。"他放肆地恭维。

"是真的,没人说过我是没有头脑的美女。"女明星玩弄着自己的指甲,毫不谦虚地承认道。

他把椅子拖到前面一点,"你记得上季度演出中你唱过一首歌,过程中会扔一些小花束给女性观众吗?"

她一根手指指向天花板,眼睛发亮。"啊,奇卡奇卡轰隆隆!唏,唏!你喜欢吗?好听吗?"女明星激动地接过话题。

"非常好听,"他赞同,喉结微微抖动,"有天晚上我的一个朋友——"

他试着把话题引入正轨,但侍女几分钟前刚停止扇扇子,这时又插话:"小姐,威廉想听取今天的指令。"

"等我一会儿。"她向门口转头,一个身穿司机制服的健壮男人立正站着,"我十二点用车,去科克布勒吃午餐,你十一点五十分在楼下等我。"接着女明星用同样的音调继续说,"你最好现在就带上,你之前落下了。"

他走到她指的梳妆台前,拿起一只银色香烟盒,扔进口袋,走出去,全程慢条斯理、状若无事。

"要知道那不是从廉价商店买的!"她在司机背后喊,语气似乎有点凶。从她犀利的眼神看来,威廉估计做不长吧。

她回过头来,眼里的火光逐渐熄灭。

"我刚才说,有天晚上我一位朋友和某位女士观看了演出,这是我过来麻烦你的原因。"

"啊?"

"我想寻找这位女士。"

她误会了,又重拾兴致。"啊,好浪漫呀!我喜欢爱情故事!"

"恐怕不是,是生死攸关的事情。"和之前一样,他担心透漏太多细节,她就不肯配合了。

但她似乎对这个故事更加感兴趣。"啊,好不可思议!我喜欢这种玄乎的事情——只要不发生在自己身上就好。"

这时她突然愣住,从反应判断显然不是好的事情。她盯着手腕上镶满钻石的手表,猛地直起身子,把手指掰得噼里啪啦响,侍女飞奔过来。隆巴德以为下一位造访者来了,自己要被粗鲁地赶走。

"你知道现在几点了吗?"女演员指责道,"我不是告诉你要看好时间吗?你太粗心大意了,差点耽误太长时间,医生说每小时一次,准点开始,拿上药——"

还没等隆巴德回过神来,另一阵骚乱又如期开始了,像龙卷风一样席卷着他四周。机关枪似的西班牙语,指甲划玻璃的吱吱声,侍女在碧碧后面跑来跑去——隆巴德感觉自己仿佛旋转木马中间的柱子。

他终于抬高分贝,在喧闹中大叫:"你怎么不突然停下来,然后往回跑呢?"声音盖过其他噪音。

果然奏效,碧碧跑到侍女怀里——药注入碧碧体内。

一切结束时,小病人满脸绝望地抱着主人,双臂环住她的脖子,让她一时看起来像长了胡须的女人。隆巴德继续自己的谈话。

"我知道你每晚都见到成百上千的人脸,让你回忆某一个太困难了,也知道你整季每周表演六个夜晚和两个白天,剧场都爆满——"

"我职业生涯里没有在空剧院表演过，"她主动说，性格里一点谦逊也没有，"就连火灾也没法把我打败，一次在布宜诺斯艾利斯，剧院着火了，你以为他们走了吗？"

他等她炫耀完。"我的朋友和这位女士坐在靠过道的第一排。"隆巴德看了看口袋里一张纸条，"应该在你面对观众时的左边，在歌曲第二或第三副歌的时候，她站在自己的座位上，我只有这点提示。"

她眼睛里闪现一丝揣摩的神情。"她站起来？当门多萨在台上的时候？这点我很好奇，以前从没听说过这回事。"他注意到，她细长的手指开始抓挠天鹅绒睡裤，看起来犹豫不决的样子，好像在报复地摩擦它们，"她也许不在意我的演唱？可能要赶火车？"

"不，不，不，你搞错了，"他抓紧打消她的疑虑，"谁会那样对你？不会的，事情是这样，是在《奇卡奇卡轰隆隆》这段音乐里，你忘记扔小纪念品给她，她站起来吸引你的注意。有那么一会儿她站在你正前方，我们都希望——"

她眼睛快速眨了两三次，试着回忆这番场景，甚至用中指戳着耳后，十分谨慎不打乱发型，她说："我看看能不能想起来。"一望而知，她在尽力思考，做了任何可能的事情来加速记忆回放，还点了一根烟，从夹烟僵硬的手指得知她不常吸烟，只是拿着任其在手指间燃烧掉。

"不行，想不起来，"她开口了，"不好意思，我努力回忆过了，对我来说上季度跟二十年前似的。"女明星愁眉苦脸地摇头，同情地咋了几次舌头。

他又从口袋里掏出那张徒劳无功的纸条，看了看。"噢，还有一件事——虽然我觉得不会更有帮助，但试试看吧，她戴了和你一样的帽子，我朋友说的，我的意思是一顶山寨货，仿得一模一样。"

她忽然挺直身子，好像被这句话点醒，注意力高度集中起来，若有所思地将眼睛眯成一条线，瞳孔在里面闪着光。他吓得不敢动也不敢大声喘气，就连碧碧也蹲在她脚边地毯一堆毛绒上面，好奇地盯着主人。

她突然动起来，恶狠狠地掐掉手中的烟头，发出一声刺耳的、鹦鹉般的尖叫，这声音只有在丛林里才显得不突兀。"啊，啊，哎！现在我想起来了！想起来了！"西班牙语像山洪暴发一样涌来，他完全听不懂，几番洪水漩涡过后，她终于回到英文上，"那东西站在那里！那只生物站在剧院前方，戴着我的帽子，为了显摆！她还吸引了聚光灯，从我身上抢风头！我记得吗？当然记得！你以为我会这么快忘记那种东西吗？哈！你不了解门多萨！"她哼着鼻子，猛地把碧碧像片干树叶一样踢出地面几步远，尽管也可能是它自己吓得逃走的。

侍女选择在最不合适的时候插嘴："小姐，造型师在外面守候多时了。"

她暴躁地把手臂在头上绕了好几圈，愤怒道："让她在外面等着吧!我在听我不想听到的事情!"

她爬下躺椅,向前倾斜,一只膝盖弯曲支撑在下端。她貌似把如此过分激动的情绪看作一番高傲的成就,张开手臂给他看,然后像胸口有只啄木鸟一样敲打自己。"看我变成什么样了!看看我有多生气,即使过了这么久!看看这件事的后果!"

之后她站起来,愤怒地用双臂紧紧缠住自己腰部,像在控制情绪,接着大步走来走去,每次转弯宽大的裤腿都成扇形散开。碧碧蹲在远处角落里,脑袋可怜地低垂着,瘦骨嶙峋的手臂抱着头。

"你和你的这个朋友,要找她做什么?"她突然质问,"你还没告诉我呢!"

他从她挑衅的口吻中得知,如果这件事有利于这位造型抄袭者,即使门多萨能帮忙也不会帮了,因此他聪明地顺着她的意思解释了事情。虽然两人的意图并不相同,但在她看来是巧合得一致。"相信我,小姐,他陷入了大麻烦,细节我就不叨扰你了,反正她是唯一可以拯救他的人,他需要证明那晚自己和这个女人在一起,而不是他们所说的其他地方。他只在那晚见过她。我们不晓得她的姓名、住址或者其他任何信息。这就是为什么我们到处找——"

他看得出她在三思,片刻之后她说:"我乐意帮忙,我告诉你关于她的一切。"但她无助地摊开双手,低下头,"可我以前没见过她,之后也没见过她,只看见她那样站着,就这些,别的什么也不知道呀。"看表情,她比他还要失落。

"你注意到他了吗，和她一起的男人？"

"没有，我看都没看他一眼，不晓得谁跟她在一起，他坐在下面暗处。"

"听我说，我们还缺少重要的连接点，只是现在反过来了，其他大部分人记得男的，却不记得女的，而你记得女的，不记得男的，依然没办法作为证据，某天晚上在剧场站起来的女人，可以是任何女人，可以是独自一人，也可以和别的人在一起，并不能说明什么。我需要找到一位证人把二者连接起来。"他心烦意乱地拍打膝盖，站起来要离开，"看起来今天没有进展，麻烦你了。"

"我会继续帮你的，"她承诺道，伸出手，"我不知道自己能做什么，但会努力的。"

他也没有主意，匆匆握了手，就失落地走出房间。他感到突然逆转后的大失所望，因为从来没有什么时候像这次那么接近希望——几乎要抓住机会，却在最后一刻让它溜走。现在他又被打回原形。

操作员扭头看着他，等待着。他这才意识到自己不知不觉到达底楼，应该出电梯了。服务生为他开门，他走出酒店来到大街上，在入口处站立片刻，不知道该走哪个方向，两条路都毫无意义。他连作这样一个微小的决定，都力不从心、束手无策。

出租车经过时他招手，车上有人，需要等下一辆。就这样一分多钟过去了。有时一分钟可以带来可怕的变化，他没有给门多萨留联系方式,她本不知如何找到他。

他已经坐上第二辆出租车,正要出发,这时酒店旋转门如同划动的螺旋桨似的转起来,男服务生向他冲过来,喊道:"您是刚才离开门多萨小姐套房的男士吗?她刚才打来电话请您回去,希望您不要介意。"

他回到酒店飞速上楼,同一团毛雪球朝他飞来,像遇见喜欢的熟人,而他这一次一点也不介意了。睡裤不见了,她在试穿服装,仿佛地板中央一个没有套上的灯罩,但他无心欣赏。

她有点惊慌失措:"希望你结婚了,但如果没有,总有天会结婚,所以也都一样了。"他有失体面,但也管不了那么多了。她捡起一件长衣料,粗略围在肩膀上,至少起到遮挡作用,然后把跪在脚边那位嘴里咬着别针的人赶走。

"你走后一会儿我想到了点什么,"那人刚离开她就说,"我还是有点——"她来回扭动自己的手,好像在旋转门把手,"你知道——恼火。"

"威廉。"此时此刻,隆巴德默默地想到了他。

"所以我发泄出来,跟通常一样,一生气就打碎些东西。"她毫不避讳地指了指散落在地上的玻璃碎片,一个散架的喷雾器球管扔在他们中间,"接着有趣的事情发生了,我想起来上一次因为这个女人我也生气了,由于现在砸了东西,所以就想起那次砸东西的样子。"她抖了抖肩膀,"很特别,不是吗?我记起是怎么处理那顶帽子的了,那可能对你有用。"

他等着,控制着内心的急躁,伸出一只脚。

她边解释边摇晃着手指。"当晚看到那个女人这样对我之后,回到化妆间我就——"她深吸一口气,"需要做点什么,于是拿掉桌子上的所有东西,像这样!"她用手臂水平一扫,"你理解我的感受吗?这不怪我吧?"

"当然一点也不怪你。"

她把手掌放在身上内衣圆形突起之间敲打着,说:"你以为有谁可以在一屋子人面前那样对我?你以为我,门多萨,会放过那种人吗?"

他没有这样以为,因为已经见识过一两次她火爆的脾气了。

"舞台经理和我的侍女用双手把我按住,我才没有像现在这样穿着内衣从后台冲出来。如果她还在剧场前面,我非亲手把她撕碎不可。"

他倒是有点希望后面这些都发生过,她和这位无名小卒在剧场入口扭打。但他知道并没有,否则亨德森会提,她自己也早就想起来了。

"真该让她尝尝我的厉害!"就是现在看起来,她也能做出这事,隆巴德甚至提防地向后倒退了一两步。她在对面躺卧着,手指像龙虾爪一样抽搐着,碧碧焦虑地反复抓自己的小脚趾,一副祈求的模样。

她直起身子，像蛙泳一样手臂扑出去，说："第二天我还是很生气，怒火没办法平息，所以找到服装老板，那个为我做帽子的设计师，在那里大发雷霆。我把帽子当着店里所有顾客的面扔在她脸上，说：'这是给戏剧的高潮片段原创设计的帽子吗？仅此一顶，哈？没有其他人会有，哈？'我把帽子糊在她脸上，最后走的时候，她还在吐口中的碎布料，没法讲话。"

她探询地向他甩甩手，问他："可以吗？对你有帮助吗？这个骗子设计师，她肯定知道把山寨货卖给谁了，你去找她调查你说的那个女人。"

"太棒了！终于有进展了！"他激动地大叫，吓得碧碧一脑袋钻到躺椅下面，尾巴也跟着缩进去，"她的名字是什么？告诉我她的名字！"

"稍等，我来查查。"她抱歉地敲着脑袋一侧，"我演出过太多不同的剧，有太多不同的服装造型师，没法都记住。"她叫来侍女命令道，"翻一下我去年演出时一顶帽子的账单，去找来。"

"但是小姐，我们不会保留那么长时间的。"

"傻瓜，你不用从头开始找，"女明星一如既往毫不掩饰地说，"翻看上个月的，可能还在寄来。"

没过很长时间之后侍女回来了，但对隆巴德来说，时间真是漫长得令人抓狂。"有的，我找到了，的确这个月又寄来了，上面写着'一顶帽子，一百美元'，信头上是'凯蒂莎'。"

"好的！就是它！"她递给隆巴德，"记好了吗？"他抄下地址，将账单还给她，她歇斯底里地把信撕成碎片撒在地板上，用脚使劲踩，"我佩服这种勇气！过了一年还在寄账单！那个女人简直不要脸！"

当她再抬起头来的时候，他已经起身离开走到下一间屋子了。他是一位机会主义者，毕竟她已经完成任务，没有更多的利用价值。他继续往前走。

她急忙跑到房间门口跟他告别，祝他成功，当然不是出于好意，而是憎恨。她本想跟他到大门口，可是没穿完的裙撑将她卡在过道里，"我希望你逮住她！"她报复地尖叫，"希望你给她惹一大堆麻烦！"

一个女人可以原谅你做的一切——除了同一时间和她戴同一顶帽子。

他走进这个地方时，感觉自己仿佛鱼脱离了水，但隆巴德竭力忍着，要知道为了达成目标，他本要去一些比这儿更没希望的地方。这家店是建在小路上的门店之一，由一处私人住宅改造成商业店铺，往往其昂贵和独特度看起来与缺少显著性成反比，整个底层被设置成陈列室——当然业内人士对它可能另有称呼。说明来意后，他找了一个隐蔽的角落待着，那是他能找到的最隐蔽的角落。

他来的时候一场时装秀正在进行，据说好像每天这个时候都有一场秀。隆巴德没法放松下来,他是这里唯一的男人,至少是年轻人里的唯一一个。零星的顾客中有一位干瘪的、貌似七十多岁的男人,身边有个年轻貌美的女子,肯定是他孙女,把他带来帮忙选服装。"思想,"隆巴德心想,用厌恶的眼神打量着他,"肯定可以创造奇迹。"除此之外,其他人全是女性,就连门童和服务员都是女的。

女模特从房间后部一个接着一个,缓缓走上台来,在前方完整绕一圈,优雅旋转几次后往回走。不知什么原因,可能只是位置的问题,她们每个人都在他面前转圈,甚至定格。他想脱口而出"我不是来买东西的",却没有勇气。他感到非常不舒服,尤其是不得不盯着她们的脸。他宁可看别的地方。

前面和他说过话的年轻女子终于回来救他了。"凯蒂莎女士将在二楼私人办公室见您。"她耳语道。女服务员带他上楼,敲门,离开。

里面有位身材丰满健美的中年爱尔兰女人,坐在对面一张大桌子后面翻阅什么。她一点也没有时尚女装设计师的样子,脸型瘦长,穿着甚至有点古板过时。他端详着,心里想也许她曾经是平民姬蒂·肖,获得许多赞誉;也可能是经商奇才。只有真正的成功人士才能这般不拘小节。他对她的第一印象非常不错。他放松下来,对她甚至生出一丝敬佩。

她正飞速翻着一沓彩色蜡笔绘制的时尚图纸,把废弃的扔在右边,通过的放在左边,或者反过来。"好了,我能为你做点什么?"她没有抬头,开门见山地嘟哝。

到现在他已经疲于交际了,这天依然是和门多萨交谈的同一天,他还没有时间去思考对策、组织语言。天色渐晚,此时已将近下午五点。

"我是从你之前一位顾客那里过来的,就是南美女演员门多萨。"

她抬起头,"最好拿一把小扫帚伺候。"她闷闷不乐地说。

"你为她去年的演出制作了一顶帽子,记得吗?一百美元,我想知道谁买了它的仿制品。"

做出回答之前,她先把图纸收起来,通过的放在抽屉里,丢弃的扔进垃圾桶。显而易见她是有脾气的,可以收起,也随时可能爆发,只是时间问题。相比起门多萨暴躁的性格,他更喜欢她,更加直截了当。她的手"砰"的一声砸在桌面上,像扔下了手榴弹。"别再跟我提这件事!"她咆哮道,"那顶帽子已经给我带来了很多麻烦!我当时就说没有复制品,现在也一样,没有复制品。我的原创,就一直是原创!就算有人仿造,也不是在我店里做的,我根本不知道,不负任何责任!我出售自己的商品,但不会搞这种伎俩!"

"有一个仿品,"他坚持说,"和门多萨的那顶面对面出现在剧场,只隔了一束舞台脚光。"

她重重地靠在桌子上,双肘腾空,大叫起来:"她想要我做什么,告她诽谤?如果再胡搅蛮缠我会告她!这个骗子,你可以回去告诉她我的话!"

然而他拿起自己的帽子,用力抛到角落一把椅子上,告知她在达成目的前自己不会离开,还解开衣扣,给手臂足够的活动空间。"她与此无关,所以暂时不提她吧。我是为了自己的事情来的,的确有山寨货,因为我朋友和一个戴着这顶帽子的女人去过剧院,所以不要告诉我没有,我想知道她是谁,希望从你的顾客名单中找到她的名字。"

"名单上没有,不可能有,我们根本没做过这样一笔交易。你浪费时间调查这个做什么?"

他抬起下巴,手跟她一样砸在桌面,整个办公桌晃动起来。"看在上帝的份上,有一个男人生命只剩下若干小时了!这种时候谁还管你的职业道德!不要坐在这里回避我的问题,否则我就锁上门,和你在这里待一晚上!明白了吗?有个人九天后就要被处决了!这顶帽子的主人是唯一能救他的人!你必须告诉我她的名字,我想要的不是帽子,是这个女人!"

她的声音突然降到合理的音量,也明显收起了脾气。他引起了她的注意。"他是谁?"她好奇地问。

"斯科特·亨德森,因谋杀妻子入狱。"

她晃着脑袋认同:"我当时读过这条新闻。"

他又摇了桌子一下，没有之前那么用力。"这个人是无辜的，必须还以清白。门多萨在这里买了一顶特制的帽子，不可能在其他地方有山寨，某人戴着一顶一模一样的复制品出现在剧院。他就是和这个人在一起，一整个晚上，但没有拿到她的姓名或任何信息。现在我需要不惜一切代价找到这个人，她能证明当晚谋杀发生的时候他不在家。现在你听清楚了吗？如果没有我也没办法再解释了。"

她给他的印象不是个优柔寡断的人，但现在她却犹豫了，虽然只持续了片刻工夫。出于自我保护，她又问了一个问题："你确定这不是那个讲西班牙语的泼妇的法律手段吗？她没有付钱，那天还来这里羞辱攻击我，我没起诉，唯一的原因就是为了防止她反过来起诉我。这事儿搞得众所周知会毁了我们店的声誉。"

"我不是律师，"他保证，"是来自南美的工程师，如果有疑问，我可以证明自己的身份。"他从口袋里掏出身份证明递过去。

"我可以私底下告诉你事实。"她下定决心。

"完全可以，这件事我唯一的重点是亨德森，我要拼尽全力救他出来。从任何方面看来，你和门多萨的瓜葛与我一点关系也没有，只是碰巧阻碍了调查。"

她点头，瞥了一眼门确保完全关上。"那么很好，下面说的事情绝对不能透漏给门多萨，我承担不起，明白吗？这里一定有人泄露作品，山寨确实源于此处，但不是官方的，而是有谁偷偷摸摸摸干这件事。现在我跟你说这些，是不希望事情传到别的地方，如果公开了，我绝对不会承认。我的设计师，那个画草图的姑娘，是清白的；我知道不是她出卖的作品，自打第一次开店她就跟着我，也有股份，不值当为了区区五十、七十五或者多少钱兜售自己的设计，她的竞争对手是她自己。自从门多萨那天来闹过之后，我们两个人——她和我私下调查此事，发现她画册中那张草图不见了，有人故意偷走重新利用。我们认为是店里为那段演出做手工活的女缝纫师，当然她否认了，我们也没证据。她一定是用自己的时间在家里匆匆做成那顶仿品，我猜她还没来得及把那页草图还回去就被抓住了。为了确保不再发生类似的棘手事件，我们解雇了她。"她嗤之以鼻。

"所以你看，隆巴德——是你的名字吗？——在我们的销售记录里面，从来没有第二个买家买过那顶特制的帽子，坦白说真的没办法，即使我想帮忙也帮不上。所以我建议，如果你想找到那个女人，最好去拜访我们以前的缝纫师，但不能保证她确实知道这件事，只能说我们相当确定是她，并且解聘了她。如果你想试试看，那就请便。"

又一次，当他以为自己终于安全到达目的地时，前方又出现一处凹坑。"我必须去，别无选择。"他郁闷地说。

"也许我能帮你，"她提出，打开桌子上的对讲机，"刘易斯小姐，你查一下门多萨事件后我们解雇的女孩的名字，还有地址。"

等待时他歪着头,手臂放在桌子上。她一定是读出了他的心思,低声细语地说:"看得出你满脑子都是他的事情吧。"她很少用这样的音调讲话,要清清嗓子才能发出这样的声音。

他没有回答,也不需要回答。

她打开抽屉,拿出一个矮胖的瓶子,是爱尔兰威士忌。"他们楼下喝的香槟糟透了,当你遇到麻烦事的时候就要喝点这个,这是我爸教给我的,希望老头子安好——"

对讲机有消息了,一个女孩的声音传来:"名字是玛奇·佩顿,她在这里工作时记录在案的地址是十四大道498号。"

"好的,但是哪个十四大道?"

"这里只写了'十四大道'。"

"没关系,"他说,"只有两个,东边和西边。"隆巴德记下地址,捡起帽子,扣上衣扣。短暂的休息时间告一段落,新任务登场。

她坐在那里,眯着眼睛。"看看我能不能给你出点对策,要知道她不会主动承认的。"她垂下手抬起头,"对了,有办法了。她是那种安静胆小的个性,常常穿衬衫配半裙,懂我意思吗?通常她们容易为了钱耍类似的花招,比那些美女行动得更快,因为钱对于她们而言来之不易。你会发现她们害怕男人,不会试图接近;但如果真的认识了一个,却通常不是对的人,原因就是毫无经验。"

他不得不承认,这是个精明的女人,这时她可能不再是平民姬蒂·肖了。

"我们原本给门多萨定价一百美元,她卖山寨品应该不会超过五十,这就是你的对策,花五十美元试探她,应该没问题——如果你找得到她的话。"

"如果我找得到她的话——"他重复着,无精打采地拖着脚步下楼。

公寓管理员打开门。门仿照黑檀的样子被涂成黑色,一块方形玻璃镶嵌在上半部分,后面挂着黄褐色的卷帘。"嗯?"她说。

"我找玛奇·佩顿。"

她懒得说话,只是摇头。

"一个女孩——长相一般还唯唯诺诺的。"

"我知道你说的谁。她以前住在这里,但现在不了,搬走有一段时间了。"她说话时还盯着外面的街道,好像既然已经走到了门口,就要在回来之前做点什么,所以一直站在那里,倒不是对他的问题感兴趣。

"知道她搬到哪儿去了吗?"

"我就知道她刚走,去哪里就不晓得了。"

"但肯定有线索,人不会凭空消失,她的行李怎么带走的?"

"徒手搬着东西步行离开的,"她动了一下拇指,"那条路,希望对你有帮助。"

帮助不大,那条路上有三个交叉路口,边缘上还有一条大路,以及一条河，穿过十五、二十个州，还有一片大洋。

现在她呼吸完空气、观赏好街景，主动提道："你愿意的话，我可以给你透漏点，但如果你要找的是事实——"她把手指放在嘴唇上，吹一口气手放开，表示一场空。

她开始关门，补充道："先生，你怎么了？看上去脸色有点苍白。"

"我是感到虚弱，"他同意，"介意我在台阶上坐一会儿吗？"

"请自便，只要不挡别人的道就行。"

"砰"的一声，门关上了。

处决前第八天

……

处决前第七天

……

处决前第六天

从城区出发乘了三个小时火车后,他跳下来,等列车一开走就疑惑地四处打量起来。这是一个偏远的小村庄,靠近一处大型商业中心,不知何故给人一种比偏僻地区更寂静朴实的印象,也许因为对比太突然,眼睛尚未适应这种改变。它还是有一些大城市的典型特征:有出名的廉价商店,有众所周知的橙汁特价连锁A&P。但貌似这些店铺非但没有带来城市的感觉,反而让商业中心显得更荒凉。

他看了看信封背面,上面潦草记着一竖排名字,每个旁边都附有地址。虽然是用两种语言写的,但非常相似。除了最后画线的两个，记录如下：

玛奇·佩顿，女帽（地址）

玛吉·佩顿，女帽（地址）

玛格丽特·佩顿，帽子（地址）

玛格戴克斯女士，［法语］帽子（地址）

玛戈女士，［法语］帽子（地址）

他穿过小道来到一个加油站，问修理工："认识一个卖帽子的，自称玛格丽特的人吗？"

"那边海斯康太太家有个租客，窗子贴着什么牌子，不确定是帽子还是裙子，我从来没近看过。是在这边街道的最后一座楼，一直走就可以。"

这是一座难看的框架楼房，在下方窗户角落里挂着一块寒酸的手写招牌："玛格丽特，帽子"，像临时店名。他很好奇，就在这样一个荒僻的地方还要用法语，奇特的习俗。

他走到黑暗的门廊棚下敲门，根据凯蒂莎的描述，出来的姑娘应该就是她本人。这姑娘其貌不扬、畏首畏尾，穿着细麻料女式衬衫和深蓝色半裙。他看见一个小金属帽扣在一根手指上，是顶针。

她以为隆巴德要找房东，不问自答："海斯康太太去商店了，回来应该要——"

他说："佩顿小姐，我找你很久了。"

她瞬间害怕起来，"你找错人了。"她刚想后退关门，他就用一只脚挡住了门缝。

"我想我找对了。"她表现的恐惧足以证明这一点,尽管他不明白原因。女孩一直摇头。"好吧,让我来告诉你,你曾经在凯蒂莎的缝纫室工作过。"

她面如死灰,又证明了这一事实。她门都来不及关,就想要跑进屋。他看出端倪,立刻伸手抓住她的手腕。

"有个女人来找你,拿钱让你山寨一顶为演员门多萨特制的帽子。"

她越来越快地摇晃着头,仿佛这是她唯一能做的。女孩竭尽全力向后拽,拼命摆脱隆巴德,他紧握住她的手腕,防止她从门口跑开。恐惧和勇气两者对立,但可以同样顽固。

"我只想要那个女人的名字,没有别的要求。"

她已经没办法讲道理了,他从未见过一个人突然陷入如此慌乱无法自拔。她的脸上毫无血色,随着表情的变化,双颊剧烈跳动,仿佛把心脏含在了嘴里。她应该不是因为设计偷窃事件变成这样的,原因和结果没有关联,轻微的侵权导致巨大的恐惧。他有种预感自己无意中碰到了另一个故事。那个彻头彻尾不同的故事挡在自己调查的路上。这是他能想到的最大可能性。

"只是那个女人的名字——"从她因为害怕变得模糊的双眼看出,她压根没听见,"你不会被起诉的,你一定知道是谁。"

她终于说话了,声音结巴得扭曲:"我给你拿,在里面,放开我一会儿——"

他按住门防止她关上,松开掐住她手腕的手。她立刻跑掉,像被风吹走了。

他待在原地等候片刻,说不出什么原因,一阵紧张感在她离开后的空气中弥漫。他冲向前,经过昏黑的中央走廊,推开她刚刚关上的那扇门。

庆幸的是,门没锁,他刚好及时赶来,看到空中一闪而过的大剪刀,在她头上方一点点。他不知道自己怎么如此及时,但确实做到了——他手臂用力往外一挥,剪刀偏离方向,割破了袖子,在手臂上划了一道鲜红的血口。他把利器从她旁边推开,"咣当"一声扔到角落里,如果碰巧的话,这把大剪刀本可能深深刺入她的心脏。

"怎么回事?"他退后,用手帕捂住衣袖。

她瘫在地上,如同一只被踩踏过的冰激凌蛋筒,精神涣散、泪流满面,哽咽道:"我再也没见过他了。我不知道该怎么办,我害怕他,害怕拒绝他,他告诉我只要几天,但现在都过了几个月了——我不敢出来告诉任何人,他说会杀死我——"

他用手捂住她的嘴,片刻没有松开,这是另一个故事,不是他想要的,不是。"别再说了,看你吓成什么样子了,我只想要一个名字,就是那个你在凯蒂莎店里为她做山寨帽子的女人,能想想看吗?"

反转来得太突然,重新获得的安全感让她适应不了,不敢相信,"你这样说,只是要哄骗我——"

一阵微弱的痛哭从附近传来,声音太低几乎察觉不到。似乎一切都能使她畏惧,他看见她的脸颊又变得惨白,尽管哭声小得几乎穿不透耳膜。

"你有信仰吗?"他问。

"我是天主教徒。"看得出她的紧张给这件事营造了悲剧氛围。

"你有念珠吗?拿出来。"不能以理服人,他决定在情感上说服她。

她把念珠放在自己手心里,递给他。他不移动它,把自己的两串放在上面和下面。"现在,我发誓我想要的已经跟你说过了,别无他求,我不会在任何其他事情上伤害你,也不是为任何其他事情来此地,这样够了吗?"

她稍微平静下来,好像念珠本身有种镇定的效果。"皮尔丽特·道格拉斯,第六河滨大道。"她毫不犹豫地说。

痛哭声开始逐渐增大,她最后半信半疑地看了他一眼,走进屋子一侧挂帘挡着的小隔间,哭泣声骤停。她又回到入口,臂弯里抱着的白色长衣拖在后面,包裹着一张粉色的小脸。怀里的小人儿用深信不疑的小眼神望着她。她看隆巴德的神情还是惊惧,但当低头注视那张小脸时,眼睛里分明爱意满满。她愧疚自责、鬼鬼祟祟,可是顽固执拗;孤独者的爱会日渐强烈,日复一日,周复一周,变得越发坚不可摧。

"皮尔丽特·道格拉斯,第六河滨大道。"他掏出钱,"她给你多少?"

"五十美元。"她茫然地回答,仿佛在说一件很久之前已被遗忘的事情。

他轻蔑地把钱扔到一个尚未完工、倒置的帽子形状的东西里面,"下一次,"他从门口说,"试着多控制一下自己,你这样更容易招来麻烦。"

她没有听见,根本没在听,正冲着怀里没长牙的小笑脸微笑呢。

两张脸上下对视,没有丝毫相似之处,但小孩是她的,从今以后属于她,被她拥有,由她保护,为她分担孤独。

"祝你好运。"他走到大门口,忍不住向里喊道。

来此地花了三小时,但回去只用了三十分钟,至少感觉上是这样。车轮在脚下咣当作响,似乎在大喊:"我终于找到她了!我终于找到她了!我终于找到她了!"

售票员停在他旁边,提醒道:"请出示车票。"

他抬起头,木然地咧开嘴笑。"很好,"他说,"我终于找到她了!"

我终于找到她了。我终于找到她了。我终于找到她了。

处决前第五天

没有到达的声音，只有离开的声音，一辆车驶过玻璃门发出轻微的嗡嗡声。他抬头看见已有人站在里面入口处，像靠在玻璃门上的幽灵。她正要开门进入，身体一半在内一半在外，回头瞧着载她过来的车辆驶去。

他预感到这就是她，虽然目前还没有证实，但她孤身一人前来，跟他推测的独来独往的女人形象相符。她明艳动人，令人赏心悦目。除非作为艺术的抽象品，浮雕的轮廓或雕塑的脑袋都无法变换情绪，她也一样，让人感觉补偿法则一定成立，既然外表那么出尘绝艳，内在肯定毫无品德、一无是处。她皮肤呈褐色，身材高挑；

体型几近完美,人生应该因此索然无趣吧,省掉了太多使女人苦恼的麻烦和奋斗。虽然生活平淡,但她事事挑剔——她给人这种印象。

她站在那里,长袍飘在门两翼之间狭窄的缝隙里,好像液体银的波纹。车消失在远方,她回过头,继续向里走。

她没看见隆巴德,朝门侍冷淡地说了一句"晚上好"。

"这位先生已经——"门侍说。

隆巴德在他说完前走上来。

"皮尔丽特·道格拉斯。"他报出名字。

"是我。"

"我在等候和你谈话,必须立刻交谈,非常紧急——"

她停在打开的电梯前,可以看出,女孩没有任何希望他陪同的意思。"有点晚了,难道不是吗?"

"这件事不行,没法等,我是约翰·隆巴德,我代表斯科特·亨德森——"

"我不认识他,恐怕也不认识你——对吗?"这句"对吗?"只是假客套。

"他在国家监狱的死刑牢房里,等待处决。"他越过她的肩膀瞥了一眼等待的服务员,"别让我在这儿讨论这件事,不太体面——"

"不好意思,我住在这里。现在是凌晨一点一刻,也该讲讲规矩吧——好吧,这里来。"

她穿过大厅,往斜对角方向走入一个小房间,里面有长沙发和烟缸托台。她转过身,没有坐下。他们就站着讨论起来。

"你从凯蒂莎员工玛奇·佩顿那里买过一顶帽子,付了她五十美元。"

"可能有过。"她注意到那位门侍饶有兴致地努力从房间外面偷听,"乔治!"她严厉地斥责。他不情愿地从大厅退出。

"你戴着这顶帽子,在某天晚上和一位男士去过剧院。"

她又一次警惕地承认:"可能有过,我去过很多剧院,都是由男士陪同。能直接说重点吗?"

"好,这位男士你只在当晚见过一次,你们一起去看剧,互不知道姓名。"

"噢,没有。"她没有怨气,只是冷冰冰地回答,而且很肯定,"绝对搞错了,你会发现我的行为标准和别人一样开通,但不意味着在没有正式介绍的前提下,可以在任何时候和任何人去任何地方。你的方向错了,你要找的是另一个人。"她从银色衣褶边下面伸出脚,想要离开。

"请不要扯一些社交行为问题。这个人面临死刑,本周就要处决!你必须为他做点什么!"

"让我们相互理解一下,我作伪证说某晚和他在一起,这难道会有帮助?"

"不,不,不,"他喘着气,精疲力竭,"如果你有的话,只需要公开作证他和你在一起就可以。"

"那么就不能了,因为我没有。"

她坚定地注视着他。"我们回到帽子上,"他开口,"你确实买了一顶为别人量身定制的帽子——"

"但我们还是有分歧,不是吗?我承认买帽子跟证实和这个男人去剧院没有关系,这是没有交集的两件事,毫不相关。"

他自己也不得不承认,确实如此。他本已胜券在握、十拿九稳,却在胜利曙光前掉入深深的漩涡。

"给我讲讲这次剧院之行的具体情况,"她说,"你有什么证据证明这个和他出行的人就是我?"

"主要是帽子,"他承认,"另外一顶一模一样的就在当晚舞台上被演员门多萨戴着,本来就是为她设计的。你有一顶复刻品,而和斯科特·亨德森一起的女人也戴着复制品。"

"依然不能说明我就是那个女人,你的逻辑没有你认为的那样完美。"但这只是句离题话,看得出她在想别的事情。

突然发生了什么,对她产生了出乎意料的有利影响,可能是他说的话,也可能她自己想到的事情。她瞬间莫名其妙地留意起来,表现得非常感兴趣,眼睛里放着光,屏息凝视着他。

"再多说一点,是门多萨的演出,对吗?能告诉我确切日期吗?"

"可以给你确切日期,他们在五月二十日那晚九点到十一点多,一起在剧院。"

"五月,"她大声自言自语,"你不可思议地让我有了兴趣,"她告诉隆巴德,甚至碰了碰他的衣袖,"没错,你最好跟我上楼一下。"

在电梯里她只说了一句:"非常高兴你因为这件事找我。"

他们好像在十二楼下来,他不确定。她进屋开灯,他紧跟其后。她把之前搭在手臂上的红色狐狸毛围巾不经意地扔在椅子上,然后踩上一片擦得光亮的地板,上面呈现出倒影,像一只漏斗,里面滚烫的银水洒在地面。

"五月二十日,对吗?"她转头说,"我马上回来,请坐。"

光线从敞开的门道里透出来,他坐着等候,她在里面少许片刻后,拿着一叠纸出来,看起来像账单,在两只手上分类整理着,还没走到他旁边,就分明找到了想要的那张。她把其他纸都扔在一边,只拿着那一张走过来。

"在我们继续之前,可以确定的第一件事,"她说,"就是我不是当晚和那位男士去剧院的人,你应该看看这个。"

这是张为期四周的住院单,从四月三十日开始。

"我从四月三十日到五月二十七日之间,因为阑尾切除术住院,如果还不相信,你可以联系那里的医生和护士——"

"我相信。"他挫败地叹了口气,说道。

她不仅没有结束对话,反而陪他坐了下来。

"但的确是你买了那顶帽子?"他开口说。

"是我买了那顶帽子。"

"帽子后来去哪儿了?"

她没有立即回答,似乎若有所思,一阵古怪的沉默在两人之间弥漫。他趁机打量了她以及四周,而她沉浸在寂静中,思考着心事。

房间的构造传递给他某种信息。只有仔细观察才发现奢华随处可见,不允许有任何妥协。住所的外部地段就算不是最精明的选择,也算得上绝佳。内部设计一样有心机,地毯下刚好露出抛光的地板。四周有一些古董摆设,但没有太多,一个挨着一个,有些空隙留出来,说明已出清,尽管如此也没有赝品充数。就算在这个女人身上,也能同样看到时间的痕迹。她的鞋子是五十美元的定制款,但从鞋跟和光泽度可以得知,她已经穿了很久了。裙子的走线很精致,不可能从廉价的地方购入,但也穿了太多次。他观察她的眼睛,清晰读出里面反常的警觉性,可见她被迫靠耍小聪明为生:她从不知下一个机会从何处而来,并且相当惧怕来不及抓住它。她身上有很多细节说明这点,可能单独拿出任何一个都能得出相反的结论,但结合在一起就证据确凿了。

他坐在那里,几乎在听她的心声,没错,听她的内心活动。他看见她望着自己的手,这样解读:她在想一只曾经戴着的钻石戒指,现在去哪儿了?典当了。他看见她微微抬起一只脚背瞥了一眼,这时她想到了什么呢?也许是丝袜,一些被淹没在丝袜里的白日梦,大量的袜子,成百上千双,比她想要的还要多。他这样解读:她在想钱,买这一切东西的钱。

近看她的表情,他心想她已经思考完毕,得出定论了。

她回答他的问题,安静被打破,其实只过了一分钟。

"帽子的故事实际上很简单,"她继续说,"我看到它,很喜欢,就从员工那里得到一顶复制品。在可能的情况下,我做事情会很冲动。我只戴过一次,就一次——"她耸了耸肩,肩膀发出银色的光——"它不适合我,只是不适合,和我的气质不搭,本身并不糟糕,所以我就不戴了。后来一天一个朋友来我这儿,就在我住院前,看见这顶帽子,碰巧试戴了一下。如果你是女人肯定能懂,当一个女人在等另一个梳妆时,她会试戴她新买的东西。她立刻喜欢上那顶帽子了,所以我就送给她了。"

说完后,她又像刚才一样耸了耸肩,仿佛就这样了,没什么额外补充的。

"她是谁?"他平静地问。就连问这样简单随便的问题,他知道都会遇到障碍,不可能顺利得到答案,少不了讨价还价。

她回答得同样简单随便:"你觉得我那样做公平吗?"

"这涉及到一个男人的生命,他周五就要被处决。"他用低沉木然的声音说,几乎只能看到嘴唇在动。

"那么是因为我朋友吗?还是通过她犯的罪?她有罪吗?是她导致的吗?回答我。"

"不是。"他叹息。

"那你凭什么把她牵扯进来？对女人来说也有一种死亡方式，你不是不知道，社交死亡，也可以称为臭名昭著、信誉丢失等等，而且不会那么快结束。我不确定那会不会比死刑更糟。"

他的脸色因为焦躁逐渐变得更加煞白。"你身上肯定有我能控诉的东西，你难道不在意别人的死活吗？难道意识不到如果隐藏这些信息——"

"毕竟，我认识这个女人，却不认识这个男人，女的是我的朋友，而男的不是。你要求我伤害朋友去救他？"

"哪里来的伤害？"她没有回答，"你拒绝告诉我是吗？"

"我既没有拒绝，也没有同意。"

他被一种无助感憋得窒息。"不要这样对我，这是最后一步，案子在这里结束，你一定要告诉我！"他们都站起来，"你以为我作为一个男人不能打你，就没办法了吗？我一定会让你说出来，你不能这样站着——"

她意味深长地扫视自己的肩膀。"看这里。"她口气冰冷，带着怒气说道。

他松开自己捏在上面的手，她整了整银色衣料，直视他的眼睛，神色里带着咄咄逼人的蔑视，就像在说他是个愚蠢、容易搞定的男人。她说："我需要打电话叫人把你请出去吗？"

"如果你想看打架，那就试试看。"

"你无法逼我告诉你,选择权在我手里。"

一定程度上确实如此,他心里清楚。

"这件事情与我无关,你能怎么样?"

"这样。"

看到枪的一瞬间,她的表情变了,但只是霎时的惊吓,每个人都会有。她立刻又回归正常,甚至慢慢坐下来。这不是被征服而乖乖顺从的意思,而是表现出淡定自若:虽然花些时间,但决定袖手旁观。

他以前从没见过这样的人,除了前面片刻面部肌肉收缩之外,她依然是控制全局的那个人,而不是他,不管有没有枪。

他举枪威胁她,试图从心理上施加压力:"你不害怕死吗?"

她抬起头。"非常害怕,"女孩泰然自若地说,"和别人一样随时都怕,但我现在没有危险,你杀不了我。杀人是为了防止他们泄露秘密,我从没见过为了强迫他们说出秘密而杀人的,死人怎么说话呢?有这把枪,决定权也不在你手里,还是在我这儿。我可以做许多事情,可以报警,但我不会。我要坐着等你把枪收起来。"

她赢了。

他收起枪,揉搓着自己的眉毛,沙哑地说:"好吧。"

她大笑起来:"我们中是谁被吓到了呢?我的脸是干的,你的汗水在发光;我的脸色未变,你的面色惨白。"

他无言以对,只能又说一遍:"好吧,你赢了。"

她又一次强调这点——倒不如说是机智地轻描淡写——强调只不过是偶尔加重了语气。她很娴熟,很优雅。"看见了吗?你威胁不到我。"她暂停,好让他听清字里行间的意思,"你可以激发我的兴趣。"

他点头,不是对她,而是在心里对自己确认,说:"我能坐一会儿吗?"接着隆巴德移到一个圆形桌子旁,从口袋掏出硬纸夹,"啪"的一声打开,小心翼翼地沿着一行小孔撕下一页,然后合上放回口袋。一张长方形的纸摆在面前,他拿起钢笔开始写字。

他抬了一下头,问道:"我有让你感到无聊吗?"

她笑了一下,这个笑容自然不做作,像是两人彼此非常了解。"你是个很好的同伴,安静但是有趣。"

这次他笑了,对着自己,"你的名字怎么拼?"

"持-票-人。"

他看了她一眼,又低头回到自己的工作上,不以为然地低语:"这个音不是很好发吧?"

他写下数字"100",她凑近斜着眼看。"我困死了。"她说,故意用手拍着嘴巴,打了个哈欠。

"怎么不打开窗户?这里有点闷。"

"肯定不闷。"但女孩还是走过去,打开窗户,又回到他旁边。

他加了一个零,"现在感觉如何?好点吗?"他问道,口气里带着讽刺意味的关怀。

她向下瞥了一眼。"相当提神，差不多可以复活过来了。"

"真是少呀，对不对？"他刻薄地回应。

"相当少，几乎没有。"她对自己的双关语甚是得意。

他没有继续写下去，手握着笔，笔贴在桌面上，"荒唐呀！"他说。

"我没有向你要任何东西，是你来找我要东西。"她点头，"晚安。"

他手里的笔又竖起来。

他站在门口，面向室内向她道别，这时电梯门打开。他手里握着一张小纸条，是从备忘录撕下来的一页，叠起来夹在手指缝里。

"希望我没有失礼，"他对她说，从侧面可以看到片刻懊悔的微笑，"至少我没有让你无聊，请忽视今晚不寻常的一小时，毕竟这是件相当不寻常的事件。"她好像说了些什么，作为回应，他继续说道，"不用担心，如果我要停止支付，是不会费心去开支票的。一个小伎俩，不管你怎么看——"

"先生，下去吗？"服务员提醒他。

他扫了一眼，"电梯来了，"他又对她说，"那么晚安啦。"隆巴德礼貌地向她倾斜帽子，随后离开。门留了条缝，她慢慢地关上，没有伸出头来。

电梯里他打开纸条看了看。

"嘿，等一下，"他脱口而出，拉住服务员，"她只给了我一个名字——"

服务员停下电梯，正要退回，于是问道："先生，要回去吗？"

他刚想同意，又瞥了手表一眼，说："算了，没关系，应该可以的，继续下楼吧。"

电梯恢复速度继续向下降。

大厅里他掏出纸条，向门侍请教里面的信息："这条路从这里怎么走，往左还是右，知道吗？"

上面有两个名字和一个数字——"弗洛拉"加数字，再加"阿姆斯特丹"。

"终于结束了，"一两分钟后，他在百老汇一家通宵药店，上气不接下气地打电话给伯吉斯，"我想我拿到了，还有最后一个关键点，但这次真的是最后一个。没时间告诉你详情，这是地址，我现在赶过去，你多久能到？"

伯吉斯乘坐巡逻车风驰电掣地赶来，发现隆巴德的车独自停在一座建筑前。他第一眼没看见，结果开过了，只好冒险跳下来全速跑回去，直到他来到人行道，沿那个方向前行，才看见隆巴德坐在脚踏板前，被后面的车身挡住了。

他蜷成一团坐在车里，全身压在大腿上，头垂向脚下的人行道。伯吉斯开始以为他病了，这姿势让人觉得他一定是胃痛得厉害，马上就要昏倒了似的。

一个穿着背带裤和汗衫的男人站在不远处,手里拿着烟管,腿边有一只狗跑来跑去,好心地询问他的状况。

伯吉斯的脚步匆匆临近,隆巴德虚弱地抬起头,接着又回过头去,仿佛痛苦得无法讲话。

"是这里吗?怎么回事?你去过了吗?"

"没有,是后面的那一个。"他指了指一个又大又深的进口,几乎有一栋楼那么宽。里面一侧立着一块发光的铜质门牌,面对正门嵌在光秃秃的水泥地上,黑色砂底上面用镀金字母刻着"纽约消防署"。

"门牌号是……"隆巴德挥动着依然握在手中的纸条说。

那条斑点狗好奇地跑上去闻。

"那是弗洛拉,别人告诉我的。"

伯吉斯打开车门坐进去,隆巴德不得不站起来让座。

"我们回去,"他简短地说,"快。"

他喘着粗气猛撞门,这时伯吉斯带着万能钥匙赶过来。

"里面没有声音,下面对讲机她有没有回应?"

"他们还在按铃。"

"她肯定跑了。"

"不可能,他们能看见,除非她从小路跑了——我来用钥匙开,你这样撞不开的。"

门打开了，他们四处搜寻，然后突然停下来。进口廊道的天花板只比人高出三英尺多，延展开来是长长的起居室，里面空无一人，却说明了问题，他俩立刻懂了。

灯全部亮着，一支未吸完的香烟继续燃烧着，烟头放在一个瓶颈中空的烟灰缸边缘上，银青色的烟懒散地呈螺旋状飘到空中。落地窗冲着夜色敞开，展现出一片广阔的黑色，一颗大星星嵌在一角，另一颗小一点的在另一角，仿佛一块用几个闪亮图钉固定的黑色布料。

窗户前面放着一只银色的鞋，底朝上，像一艘翻覆的小船。狭长的地毯横贯抛光地面，从廊道延伸至窗户，非常平整，但在一端有一些皱褶，好像有人失足弄皱了它。

伯吉斯绕着房间一侧走到窗户旁，身体探到外面又低又不牢固、只是起到装饰性作用的护栏上，一动不动待在那里许久。

随后他直起身，回到房间，默默地朝隆巴德点了点头，仿佛没法往前移动。"她就在下面两面深墙之间的小巷里，我从这里看得到，好像从晾衣绳上掉下去的抹布。没人听到声音，这边窗户都是黑的。"

不寻常的是，他什么也没做，甚至没有立刻通报。

这间房内除了他自己，只有一个东西在动，不是隆巴德，是烟蒂冒出的青烟。也许是这个原因，他注意到了，过去捡起来，烟蒂还有一英寸长,足够捏住。伯吉斯自言自语嘟哝着:"一定是我们赶到前刚刚出的事。"

接着,他掏出自己的一根香烟,两个并排竖立在一起,用一只手的手指把底部对齐,拿起铅笔,在完整的一根上沿烟蒂所在位置做出标记。

他把有标记的烟放进嘴里点燃,习惯性地吸了一口让它燃烧,然后小心翼翼地放在那只烟灰缸沿上,看着表。

"你这是做什么?"隆巴德无精打采地问,听口气感觉对什么都提不起兴趣。

"这是一种自制的方法来判断什么时候出的事,我不知道是不是可靠,两支烟是否以相同速度燃烧,还是要问问别人。"

他走近仔细端详,又移开,当再次过去时他将烟拿在空中看,像读体温计的数字,再看看表,最后敲掉烟灰丢弃。目的达成。

"她在我们赶来前三分钟坠楼,测量烟蒂前我往窗外看了整整一分钟,实验中这根烟我只抽了一口,所以算她也抽一口,如果更多,时间就更短了。"

"可能是长支香烟。"隆巴德站在远处说。

"是普通的,烟嘴末端看得清商标,你以为我会没搞清楚就浪费时间做这些吗?"

隆巴德没有回答,又回到远处。

"看起来像我们在楼下对讲机按铃害死了她,"伯吉斯继续说,

"她受到惊吓,在窗前移错了步子掉下去。整个情况虽然没人解释,但摆在了我们面前。她站在窗户边往外看,可能情绪高涨,呼吸着夜晚的空气,制定着计划,这时楼下门铃响了。她做了错事,转身太急,或者身体压下去,也可能是鞋子的问题,这只看起来有点变形,穿太久站不稳了。不管怎样,地毯在涂了蜡的地板上打滑,一只或两只脚一起跟着滑出去,鞋子飞掉了,她向后摔倒。如果没有离打开的窗户这么近,她就不会有事,也许只摔个屁股蹲,但现在是向后翻滚,一摔致命。"

他接着说:"但我不明白的是那个地址,难道是场恶作剧?当时她干什么了?"

"没有,她没有开玩笑,"隆巴德说,"她真的想要那笔钱,表现得很明显。"

"我能理解她给你一个模棱两可的地址,你需要花很长时间查询,这样她就有机会兑现支票并且跑掉。但是距离那么近,只隔了几个街区——她应该知道你五到十分钟就能回来,这是什么诡计?"

"除非她想暗中告密,从当事人身上获更多的利,比我给的要多,并且为了有时间跟她周旋,故意不让我轻易找到那里。"

伯吉斯摇摇头,不认同此番分析,重复着自己刚才的话:"我搞不懂。"

隆巴德没有继续听,有气无力地移动到一边,像个醉汉一样摇摇晃晃地拖着步子，伯吉斯好奇地盯着他。他似乎对周围的一切都没有兴致，完全如同一只泄气的皮球，踱到墙边站立片刻，全身耷拉着，仿佛一个屡战屡败的人，最终决心被彻底击垮，放弃了。

伯吉斯还没明白过来，他就绷紧手臂，抡起来捶向面前死气沉沉的墙面，像在攻击一个敌人。

"嘿，你这个笨蛋！"伯吉斯吃惊地叫起来，"你要做什么？砸烂自己的手吗？墙有什么错？"

隆巴德蜷缩起来，姿势像一个拿螺旋形开瓶器钻瓶子的人，脸扭曲成一团，倒不是因为疼痛，而是一种无助的愤怒。他把通红的拳头顶着肚子揉搓，声音哽咽："他们知道！现在只有他们知道了——我却没办法让他们说出来！"

处决前第三天

在监狱站下火车后,他猛灌了最后一口酒,但无济于事,一口酒算什么?就算喝再多酒又有什么用?事实无法改变,坏消息不可能变成好消息,劫数也不会变成救赎。

他艰难地爬上陡峭的道路,走向前方一群阴暗的楼房,不停地思考:你怎么告诉一个人他即将面临死亡?你怎么告诉他再没有更多希望,最后的一丝曙光也熄灭了?他不知道,并且正要被告知——被亲身经历的人告知。隆巴德甚至在想会不会不去找他,不要去见这毫无意义的最后一面,会更仁慈一点?

他知道,这件事非常可怕。他现在已经体会到了,浑身毛骨悚然。但他必须要来，不能够胆怯，不可以让兄弟在痛不欲生的最后三天还一颗心悬在半空；不能让他在周五晚上被押往刑场的路上还一直回头，打个比方说，等待最后一秒取消执行，然而这一刻永远不会到来。

他跟着守卫爬上二楼区域，用手背慢慢掠过嘴唇。"今晚离开这里以后我要去喝酒！"隆巴德怨恨地对自己发誓，"要醉到像个酒鬼一样被医院收治，直到处决彻底完毕！"

现在守卫已站在旁边，他进去面对现实，给人判彻底的死刑。

今天就是一场处决，没有血腥，是三天后那一场的前奏，处决全部的希望。

守卫的脚步彻底消失，周围寂若死灰，两个人都忍受不了太久。

"所以就这样了。"亨德森终于开口，语气很平静。他已经明白了。

至少僵局打破了。隆巴德从窗户旁转过身，过去拍打他的肩膀，"听着，兄弟——"他开始说。

"没关系，"亨德森回应，"我明白，从你的表情上看得出，我们没必要聊这个。"

"我又错过了她，她溜走了——这一次再也回不来了。"

"我说了你没必要聊这个，"亨德森耐心地劝解，"看得出你已经尽力了，拜托，别再提了。"仿佛隆巴德才是需要被安慰的人。

隆巴德在床边瘫坐下来，亨德森作为"主人"把位子让给他，自己站起来背靠在对面的墙上。

之后牢房内唯一的声响就是玻璃纸沙沙作响的声音,亨德森不停地叠着一个空烟盒,直到它紧紧地卷起来,再一层层展开,周而复始地做着同样的动作,很明显只是想给手指找点事情做。

这样的氛围没人能受得了,终于隆巴德说:"别再叠了好吗?这声音快把我逼疯了。"

亨德森吃惊地低头看自己的双手,好像没有意识到它们在做什么。"我的老习惯了,"他不好意思地说,"就算在好的时候,也戒不掉,你记得吗?每次坐火车,时刻表都会被我卷成这样,每次在医院候诊室或者牙医办公室,杂志也会变成这样,还有每次去剧院,节目册——"他忽然停下来,视线越过隆巴德的头,神情恍惚地盯着墙,"那晚跟她一起看剧的时候,我记得我也这样做了——很滑稽,竟然现在想起这件小事。也许这能帮我想到更重要的事情,但太晚了——怎么了?你那样看着我干什么?我已经不叠了。"他把皱皱巴巴的包装纸扔在一边。

"但你肯定扔掉了?和她一起的那晚,和其他人一样,把节目册扔在座位或地上?"

"没有,我记得她留下了两份节目册,很搞笑吧,但我确实记得,她让我给她的,大概意思是要纪念自己的冲动,具体的原话我想不起来了。但我知道她留了两份,并且确实看见她放进了包里。"

隆巴德站起来。"如果我们知道如何拿到它就好了。"他说。

"什么意思？"

"这是唯一一个我们敢肯定她拥有的东西。"

"我们不敢肯定她是否还保留着，不是吗？"亨德森纠正道。

"如果她一开始保存了，很可能会一直保存着，像类似戏剧册子这种东西，人们要么长期保留几年，要么立即扔掉。我们可以拿它当诱饵，我的意思是，节目册是她和你的唯一连接点——因为你那本从头至尾每一页右上角都卷起来了。我们让她主动带着册子站出来——自己找到我们这里来。"

"你是说通过广告吗？"

"差不多的途径。人们收集各种各样的东西：邮票、贝壳、满是虫眼的家具，通常他们愿意付出任何代价得到这些东西。对他们来说那是宝贝，虽然在别人眼里只是垃圾。一旦收藏家的欲望来了，就失去了理智。"

"然后呢？"

"比如说我有剧场节目册收藏癖，不仅仅是个爱好，而是疯狂到反常，身家百万到处为此撒钱，着了魔一样，我肯定会收藏镇上每个剧院每场演出的全套节目册，每一季都有。我突然从哪里冒出来，找一个空仓库，打广告。流言传开了，有个疯子，为了不值钱的东西挥金如土，其间对所有人免费开放。这时报纸会附着图片大规模报道；媒体时常会有类似疯子的新闻。"

"你的假设有很多漏洞，不管开多少价，怎么保证能吸引到她呢？万一她不缺钱呢？"

"万一她正缺钱呢？"

"我依然觉得她会感到事有蹊跷。"

"在我们眼里节目册很重要，对她来说并没有，怎么会不行呢？她可能都没注意到册子上角那些给出线索的皱褶，就算注意到了，也想不到它们可以告诉我们想知道的事。你自己也才刚刚想起来，她怎么会记得呢？她又不是读心者，怎么会知道你我在牢房里谈论的事情？"

"整个计划都太不可靠。"

"当然不可靠了，"隆巴德同意，"只有千分之一的机会，但我们得试一下，现在的状况容不得挑肥拣瘦了。得去试试看，亨迪，我有种预感——其他路子都失败了，这次一定能行。"

他转身走到牢门前，请求出去。

"好吧，再见——"亨德森犹豫不决。

"我会回来的。"隆巴德向身后说。

亨德森听着他的脚步跟在守卫后面远去，心想："他不愿相信，我也是。"

专栏广告，所有早报晚报：

将剧场节目册变废为宝

富有收藏家来镇短暂旅行,终生酷爱收集剧场节目册,欲支付丰厚酬劳购买全套,不论新旧,凡有必收！特别提醒：因出国错失，尤其需要上几季歌舞杂耍剧和表演剧册子，阿罕布拉，贝尔韦代雷，卡西诺，大剧院等。拒绝库存品和二手倒卖贩子。富兰克林广场 J.L. 街 15 号。仅在周五晚上十点前有效，之后我将离镇。

处决当天

九点三十分,队伍越来越短,最后处理完一两个掉队的人,店里只剩下隆巴德和他的青年助手,两人终于得以喘息片刻。

隆巴德四肢无力地瘫坐在椅子上,伸出下嘴唇,疲惫不堪地往脸上吹气,额头上杂乱的头发飘起来。他穿着马甲,衬衫领子敞开着。他从屁股口袋里掏出手帕,来回擦了擦脸,手帕也脏了。他们都不把册子上的灰弹掉,就往他面前一扔,似乎认为灰越厚就越值钱。他又用手帕擦了双手,然后扔掉。

他转头对身后被一堆堆又高又斜的节目册挡住身影的人说:"你走吧,杰里,时间差不多了,再过半小时我就关门,高峰期已经过了。"

一个大概十九岁的瘦削年轻人从两大堆东西中间的缝隙里站起来，走出去穿上外套。

隆巴德掏出钱。"这是三天的酬劳十五美元，杰里。"

男孩看上去有点失落。"您明天不再需要我了吗，先生？"

"不了，我明天不在这里了，"隆巴德忧愁地说，"你可以这样，把这些拿去卖废品，收破烂的会给你几分钱。"

男孩瞪大眼睛望着他惊讶道："啊，先生，您用三天时间买了它们，就直接扔了？"

"很滑稽吧，"隆巴德给以肯定，"在那之前不要告诉任何人。"

男孩走了，到人行道前一直用畏怯的眼神瞥了他好几眼，心想他是个疯子，隆巴德知道。但他不怪这个孩子，他也觉得自己疯了，竟然以为计划会奏效，她会动心现身。整个想法一开始就很草率。

男孩走到人行道的时候，一个女孩正向前行。隆巴德碰巧注意到她，只因为他正目送助手离开，她刚好出现在他的视线中。什么事也没发生，她谁也不是，只是一个女孩，一位游荡的路人。路过门口时，她朝里看，也许只是好奇，片刻的犹豫后，她继续走，经过空洞的橱窗消失了。一度他以为她要进来。

平静打破了，一个打扮非常过时的人，穿着海狸毛领外套，内搭领子相当高，戴着黑挂绳眼镜，挂着拐杖走进来。令隆巴德失望的是，他身后的出租车司机拖进来一个古老的小箱子。造访者停在隆巴德用的空白木桌子前,摆了个相当夸张的姿势,一时隆巴德都不敢相信这不是滑稽剧,而是认真的。

隆巴德翻了个白眼。他一整天都在收册子,但从没见过一整箱。

"啊,先生,"老古董开口了,声音异常洪亮,能够听得清清楚楚,完全不需要肢体语言,"我读了你的广告,你的确是幸运的,我可以无限丰富你的收藏,这座城市没有第二个人能做到。我有一些稀有品,你看了会非常开心的,远到旧杰弗逊剧院——"

隆巴德匆忙拒绝:"我对杰弗逊剧院不感兴趣,已经有全套了。"

"那奥林匹亚——"

"不感兴趣,不感兴趣,我不在乎你还有什么,反正我全买到了。在熄灯锁门前我只需要一份卡西诺剧院1941—1942年的册子,你有吗?"

"卡西诺,呸!"老人对着他的脸愤怒地说,气息很重,"你对我说卡西诺?我跟这些垃圾现代表演剧有什么关系?我曾经是美国舞台上最伟大的悲剧演员之一。"

"看得出来,"他冷淡地说,"恐怕我们不能交易了。"

箱子和出租车司机又出去了,老人在门口站了一会儿,表达自己的鄙视,"卡西诺——垃圾!"然后也走出了屋子。

又一阵安静过后,一位老妇人进来,看样子像个清洁女工。她特地装扮过,头戴一顶又大又软的帽子,上面有朵卷心菜似的玫瑰,应该不是从垃圾箱捡来,就是压箱底几十年了,刚从储藏室翻出来。

她在粗糙的两颊上打了圆形、类似热斑的腮红，看起来她的化妆技术非常生疏。

他抬眼看她，带着点同情，又有些不情愿，通过她圆圆的肩膀，看到刚才经过店铺的女孩，现在往反方向走，又转头向里看。但这一次她不只是路过，而是彻底停下了一两秒钟，甚至后退一步正对着入口。仔细打量过房间内部后，她继续走，很显然对里面的事情感兴趣。他依然不得不承认，自己打的广告非常标新立异，足以让路人留意，让她多看一眼，活动一开始还有一些摄影师被派来拍图片。她或许只是从第一次路过时要去的地方回来，如果你去了某地，一般会沿同一条路返回，没有什么不寻常的。

面前的清洁工支支吾吾胆怯地说："是真的吗，先生？您当真收旧节目册吗？"

他回过神来，"是的，当真。"

她胡乱摸索着挂在手臂上的一只针织购物袋。"只有几份，先生，是当年我在合唱团时期的，全都保留着，它们对我来说很重要，'午夜漫步''1911年的狂欢'——"她放下册子，紧张得发抖，翻开其中发黄的一页，仿佛要证明自己没有说谎，"看，这是我，先生，我曾用多莉·戈尔登这个名字，在最后一场扮演青春之星——"

他心里说，时光是比任何人类更大的杀手，而且永远逍遥法外。

他看也没看节目册一眼，而是望着她粗糙、长满老茧的双手，直接说："一美元一份。"接着掏出皮夹。

她喜出望外。"噢，祝福你，先生！真是雪中送炭！"他还没意识到，她就抓住他的手吻上去，腮红变成长长的粉色眼泪，"我从没想到它们值那么多钱！"

它们其实不值钱，一文不值。"拿好，大婶。"他同情地说。

"噢，现在我可以吃饭了——吃一顿丰盛的晚餐——"这笔意外之财让她如同喝醉酒的人，走路踉跄。她走后，隆巴德发现有位年轻一些的女人静静等待着，不知什么时候进来的，没人注意到，并且就是那位两次路过店铺的女人。虽然之前她都是一闪而过，根本没法彻底看清，但他肯定就是她。

之前她从远一点的距离看起来，比现在站在眼前显得年轻，因为身材尚好，体型苗条，虽然其他部位看得出年纪，和刚才的清洁工一样，时光毫不留情，只是方式不同。

隆巴德感到自己发际线下面、脖子上的毛发微微作痛，于是经过一番打量后，低下头，避免太直接的注视，以防她有所察觉。

他大概的印象是：她前不久一定还很美，但正在迅速变化。她身上散发出一种优雅的气质，可能很有文化，但表面有一层粗俗廉价的硬壳，从外而内形成，正扼杀、腐蚀掉这种气质，再也找不回来，也许现在拯救已经太晚了。依他看来这个过程正在加速，要么通过酗酒成性，要么通过一夜赤贫；或者用酗酒来解贫穷之苦。还可以看得出第三种因素的痕迹，可能这就是导致另两种状况的原因，但似乎已被它们超越，不再是决定性的一点：无法承受的精神痛苦，心理上的愁闷和恐惧，加上一种愧疚，在几个月时间内一直持续着。这种痛苦留下了迹象，但已基本消失；身体上完全的耗尽是目前尚存的状况。她现在洋洋得意又坚韧不拔地游走于贫民窟和酒吧之间，屈身于社会最底层人民之中，这些足以透漏她的全部生活状况，或许她是出租房里的借住者。

她看上去没有规律地用餐，两颊各有一块深深的凹陷，整个面部骨骼透过消瘦的皮肤显露出来。她全身穿着黑色，不是寡妇的黑衣，也不是时尚的黑色系，而是邋里邋遢的铁锈黑，灰蒙蒙只是不显脏。就连长袜也是黑色，在每只鞋后跟上面有一个白色月牙形的洞。

她说话了，嗓音沙哑。夜以继日狂饮廉价威士忌，导致她的声带受损严重，但即使这样，也有一丝文雅透出。如果用俚语讲话，那是她考虑交谈的对象后，特意做出的选择，而不是因为贫乏的词汇量限制了她。"你还有多余的钱购买节目册吗？是我太迟了吗？"

"要看你有什么样的了。"他心有防备地答。

她打开自己劣质又过大的手提包，拿出两本节目册，来自于同一天晚上相同的两份，是上上季在女王剧院上演的音乐剧。"那晚她和谁在一起呢？"他心想，"也许那时她还很清秀，无忧无虑，从没想到——"

他假装查询一个参考列表,上面记录着需要的册子,空白部分就是他要购买的"套册"。

"好像没有那一本,七美元五十美分。"他说。

他看见她的眼睛放光。隆巴德本来就希望这个价格可以让她心动。

"还有吗?"他有意问道,"要知道,这是你最后的机会,我今晚就关门了。"

她犹豫了一下,眼睛往包里瞧。"你介意一次只买一份吗?"

"多少份都行。"

"既然我在这里——"她再次打开包,把包盖垂在手臂上,防止他看见里面的内容,然后又掏出一份,接着立马合上包,然后才把册子给他。他将这点看在眼里,接过册子放在自己眼前。

卡西诺剧院。

这是整整三天里,第一份地点吻合的。他装作若无其事地翻阅,从开始的补白到戏剧内容。日期是按周记录的,和其他戏剧册模式一样。"五月十七日开始的那一周。"他呼吸急促起来,就是这一周,完全相符,出事的时间是二十号晚上。他继续往下看以免露馅,只是——书页右上角完好无损,并不是刻意压平的,那样一定会留下缝隙痕迹。它们压根没有被卷起来过。

他很难保持轻松的语气:"有没有一起去的同伴?大部分都是两人同行,我可以给你开个好价格。"

她好奇地看了他一眼,隆巴德甚至留意到她悄悄摸了自己提包一下,再用力按了按。"你以为什么,我印的这些?"

"可能的话,我喜欢购买副本,就是两份。没有人跟你一起看这场剧吗?另外一份节目——"

她不喜欢这个话题,开始满眼疑惑地四处端详店铺,仿佛在寻找有没有陷阱。女孩警惕地向后徐徐移动一两步。"快点吧,我只有一份,你到底想不想买?"

"买一份没有两份那么——"

显而易见她想尽快离开此处。"就这样,随便你说什么——"她从站着的地方弓着腰伸手拿了钱,不愿意靠近桌子半步。

她快走到门口时,隆巴德用平静的声音叫住她:"等一下,你可以回来一会儿吗?我有东西忘了。"

她停顿片刻,满腹狐疑地向后看。她的眼神中充满警惕,这不是回应别人请求应有的。他站起来,用手指示意她过来,她一声闷叫,惶恐地撒腿就跑,绕过出口,消失在视线之外。

他把桌子整个猛推到一边,冲出去追她,身后助手摞起来堆成山的节目册,本来就重心不稳,被他粗暴地一摇,像雪花一样,白花花地全部撒到地上。

他跑到人行道时,她已经奔往下一个街角,回头看到他正拼命追来,又尖叫一声,这次声音更大,然后全力加速,在他追到一半前,跑到了下一条大街。

但他追上了。距离几码远处,他的车正全天待命,希望能在关键时候派上用场。他反超并堵住她,紧抓她的肩膀,将她推到大楼前沿,用手臂挡住四周去路。

"现在好了,老实待着——逃是没用的。"他喘着粗气。

她更加说不出话。长期酗酒让她体力不支,一时他以为她都要窒息了,她挣扎着道:"放——放开我,我——做了什么?"

"那你为什么跑?"

"我不喜欢,"她的头探到隆巴德手臂外面,试图喘口气,"你看我的方式。"

"给我看看那个包,打开手提包!快点,打开那个手提包,不然我替你打开。"

"把手拿开!放我走!"

他不再浪费时间争执,使劲把包从她手臂上扯下来,悬挂着的破旧包带整个被撕掉。他打开包伸手去掏,同时用身体压住她,防止她逃跑。又一份节目册出现了,跟之前在店里卖给他的那份一模一样。他扔掉提包,想要翻开册子,但纸张粘起来了。他强行打开,发现所有内页都嵌在一起,每一页都在右上角整齐地叠上来。他在昏暗的街灯下仔细查看,日期和上一本相同。

是亨德森的节目册,可怜的亨德森的节目册,在最后关键时刻找到了,如同撒在水面上的面包。

处决那一刻

晚上十点五十五。一切的终结，啊，一切的终结总归是悲苦的。虽然天气温暖，他却一边浑身冰凉、瑟瑟发抖，一边汗流浃背。他反复告诫自己："我不害怕。"比听神父祷告还要多，但的确发怵，自己也知道。谁能怪他呢？人的本能就是活着，他也不例外。

他伸展四肢趴在床上，头悬在床沿向地面垂着，头顶被剃了一块正方形。神父坐在旁边，一只手安慰地抚摸着他的肩膀，好像在驱散恐惧。知道自己的死亡时间是件可怕的事情。亨德森的肩膀在有规律地打颤，每颤抖一次，神父的手都会一起抖动，以表同情，尽管神父还可以活很多年。

神父在低声吟诵《旧约·诗篇》第二十三篇："绿色的草地，洗涤我的灵魂——"他不仅没感到安慰，还越来越糟了。他不向往另一个世界，就想留在现在这个。

他几小时前吃的炸鸡、松饼和蜜桃酥饼，感觉都粘在胸腔里不再往下走了，但也没关系，他不用担心消化不良，因为根本没时间了。

他在想是否有时间再吸一根香烟，他们在晚餐时为他带来两包，虽然只过了几小时，一包已经空了，第二包只剩下一半。他知道担心是愚蠢的，一根全吸完与吸一口扔掉有什么区别？但他一直在这些事情上很节省，一辈子的习惯很难改变。

他打断神父的低声吟诵，问这个问题，神父没有直接回答，只是说："我的孩子，再吸一支吧。"接着划了一根火柴给他。这说明的确没有时间了。

他的头又垂下来，烟从下面灰暗看不见的地方飘来。神父的手又按着他的肩膀，平息恐惧。外面石地板走廊上的脚步声轻轻靠近，缓慢得可怕，死囚区突然一片寂静。斯科特·亨德森没有起身，反而把头垂得更低了。香烟掉落滚走。神父的手压得更用力，几乎让他在床上动弹不得。

脚步停止，他能感到他们正站在门口向里望着自己。虽然努力不去看，但亨德森坚持不住，脑袋不听使唤慢慢转过去，问："是时候了吗？"

监狱门沿凹槽滚动打开，狱长说："是时候了，斯科特。"

斯科特·亨德森的节目册，可怜的斯科特·亨德森的节目册找到了，如同撒在水面上的面包。隆巴德盯着册子，从她身上扯下的手提包安静地待在脚边。

与此同时，女孩在身旁剧烈挣扎着，试图挣脱肩膀上他握紧的手掌。

他先是谨慎地把册子放进内口袋，然后两只手抓住她，粗鲁地押着她，沿人行道向前走到车旁，低声道："进去，你欠一个人太多抱歉！跟我走！你知道自己做了什么，是不是？"

她不停地踢打着踏脚板，直到隆巴德打开车门推她进去。她伸展膝盖转身往座位上面爬。"告诉你，放我走！"她的声音传遍整条街道，"你不能这样对我！有人吗？这个镇上有没有警察阻止他——！"

"警察？你叫警察吧！所有警察！在你我的事结束前你会见到各种各样的警察！"还没等她从另一侧挣脱，他就过来狠狠地把她拽回去。她拼命反抗，撞击关上的车门。

他两次用拳头使她闭嘴。第一次只是威胁，第二次执行了。他伏在仪表盘上，咬紧牙关道："我从没这样对待过一个女人，但你不是女人，只是有着女人外形的乞丐，没有用的乞丐。"他们从路边转向，调正车头出发，"现在不管你愿不愿意，都要跟我走，最好安静一点。我开车时如果你嚎叫或者搞些别的,就会再吃我一拳,别逼我,自己看着办。"

她不再吵闹,闷坐着靠在座椅上,阴着脸。他们绕道而行,超过同一方向的一辆辆车。一次等红绿灯的时候,她不像之前那般拼命挣扎了,失魂落魄地问:"你要带我去哪儿?"

"你难道不知道吗?"他讽刺道,"都是第一次听说,是不是?"

"他吗?"她无奈地平静说道。

"对,他吗?!你真是有同情心!"他又踩了加速,两人的头同时向后靠,"你明明可以在任何时候站出来阻止悲剧发生,告诉他们你知道的详情,却待在原地,甘愿让一个无辜的人去死,你应该遭到严厉的惩罚!"

"我猜是这件事,"她没精打采地说,低头看着自己的手,片刻后又说,"什么时候——今晚吗?"

"是的,今晚!"

他觉察到她在反射过来的闪光灯下微微瞪大了眼睛,仿佛没意识到这一刻已来临。"我不知道有——有这么快。"她喘着气。

"不是现在!"他严肃地说,"只要我找到你!"

另一盏红绿灯迫使他们停了下来,他边咒骂着,边用一块大手帕擦脸。接着加速,他们的脑袋又一起向后仰。

她目光呆滞地直视着前方,然而没有看前面或车外的任何东西,也没有看挡风玻璃下面的什么,只是眼珠直愣愣的。他能从镜子里看见旁边的她，她在回忆着一些事情，也许是过去，自己的一生，目前手边没有威士忌可以带她逃避，她不得不坐着面对一切。车继续开着。

"你一定是木屑做的，一点情感也没有！"他说。

她出乎意料地和盘托出："看看这件事对我做了什么，你从来没想过，不是吗？我难道承受得还不够吗？我为什么还要在乎他或者其他任何人呢！不管怎么样，他对我来说算什么？今晚他们要处决他，但我已经被杀死了！我死了，跟你讲，死了！你旁边坐着的是个死人。"

她痛心疾首地低声咆哮着，不像是女人的哀叹哭诉，更像听不出性别的痛苦呻吟。"有时在梦里我看见有人有个漂亮的家，有爱她的老公、金钱、漂亮的东西，还有朋友的尊敬和安全感——最重要的就是安全和保障。在死之前，这些她都有，一直有。我不相信是我，我知道不是我，但有时醉酒之后的梦里我是这么幸福，你知道梦是如何——"

他望着车外川流不息的黑夜被车头灯银色前端分裂成两半，又在他们后面聚合成一体，像神秘起伏的潮汐。他的眼睛是灰色卵石，不动，不听，一丁点也不在乎她的伤悲。

"你知道被扔到大街上是什么感受吗？对，就是扔出去，凌晨两点，穿着身上这点衣服，身后的门上了锁，自己的仆人被警告再也不能承认我这个主人，否则会被解雇！第一天晚上我在公园凳子上坐了一夜,第二天向以前的女侍借了五美元,才至少有地方住。"

"那你为什么不站出来?既然已经丢掉了一切,又有什么好怕的呢?"

"他对我的威慑力不仅止于此。他警告我如果开口,给他的好声誉抹黑,就把我当作酒鬼送到勒戒所。他有权力,又有钱,很容易做得到,那样我就再也出不来了,要穿约束衣接受冷水疗法。"

"这些都不是借口,你肯定知道我们在找你,你无法否认。你也一定知道这个人即将面临死刑,你就是个懦夫。但如果你以前从没干过一件像样的事情,以后也不会干第二次,那么现在就是机会,你要提供证词拯救斯科特·亨德森!"

她很长时间没有讲话,随后慢慢转头,"好的,"她终于开口,"我会的,现在——我想站出来了。过去几个月我一定是瞎了,看不到事实,在今天之前也从没有想过他,只考虑自己,考虑自己会因此失去什么。"她又抬起头看着他,"至少我想做一件像样的事情——改变一下。"

"你会的,"他坚决地说,"你那晚几点在酒吧碰见他的?"

"根据我们面前的钟,是六点十分。"

"你会不会告诉他们这个?你愿意发誓一切属实吗?"

"好,"她的声音疲惫不堪,"我会告诉他们的,我愿意发誓。"

他只说:"愿上帝原谅你对那个人做的事情!"

良心终被唤醒，好像她内心僵硬的地方融化了、崩裂了，或者是表面那层正在扼杀她的硬壳被粉碎。她用双手捂住低垂的面颊，保持这个姿势许久，几乎不出声，但他从没见过一个人这样剧烈地颤抖，仿佛心痛欲裂，怎么也停不下来。

他没有说话，也没有直视，只是从镜子中偷看。

片刻后，她发泄完了，手垂下来，更像是对自己说："做一件害怕的事情原来会让自己感到那么纯粹——"

车子安静地行驶，昏暗的仪表盘灯下只有他们二人。现在车辆稀少，全部往一个方向开，和他们相反。它们越过城市界线，沿通往市内的平整主干道急速飞驰。他们的侧窗映出车辆流动的车灯，车开得极快。

"我们为什么跑这么远？"她问，意识都变得迟钝，"刑事法院大楼不是在——"

"我直接载你去监狱，"他神经紧绷地答，"那里最快，越过所有繁文缛节——"

"就是今晚——你说过？"

"在下个整点过半时，我们来得及。"

他们开到树林地带了，黑暗中刷了白漆的树木把道路和林地区分开来。没有路灯，偶尔一辆反方向的车驶来会发出炽热的白光，随后光洒向路边暗下去，像极了一个脱帽致敬的巡回演奏者。

"万一有事情让我们晚了怎么办？爆胎呀什么的？先打个电话

更好吧？"

"我清楚自己做的事，你听上去突然焦虑了。"

"是的，噢，是的，"她低语，"我一直都看不见，看不见，但现在能分得清梦境和现实了。"

"变化很大，"他勉强地说，"五个月来你一点忙也不帮，现在只剩不到十五分钟，你紧张不安起来。"

"对，"她顺从地说，"我丈夫，对勒戒所的恐惧，还有其他任何事，瞬间都变得不重要了。你让我从不同角度看清整个事件。"她疲倦地用手背揉了揉眉毛，充满厌恶地说，"我想至少做一件勇敢的事情，我痛恨当一辈子懦夫！"

之后他们沉默许久。直到她打破沉默，担心地问："只有我的宣誓证词能救得了他吗？"

"足够延迟他们原定今晚要做的事情。一旦成功延迟，我们可以移交律师，他们能够帮助他渡过难关。"

突然她注意到他们在一个岔路口左转，来到一处荒凉破旧的越野赛供应站。几分钟之前就到这里了，但她刚刚意识到。车子颠簸起来，本来偶尔有车路过，现在一辆也没有了，看不见丝毫生命的迹象。

"为什么来这儿？我以为刚才我们开的南北高速路是通往州立监狱的，他不是在——？"

"这是条近路，"他匆匆回答，"小路，节省时间。"

似乎起风了,发出呼呼的叫声,他们飞驰而过,压过风声。

他的下巴几乎碰到方向盘,眼睛一动不动、毫无情绪,说:"我有充足的时间告诉你我们去哪儿。"

车里不再只有两个人,在先前保持安静的某个时刻,第三个物体加入进来,坐在他们之间。是她的恐惧,冰冷并且隐蔽,正在用无形的手臂夹紧她,僵硬的指尖摸索着她的气管。

除了他们之外,周围没有一盏灯。十分钟过去了,无一人讲话。两边浓密的树木如同弥漫的烟雾和翻滚的巨浪,风声好像在传递警告讯息,却不停被忽视,直到一切都太迟。两人的脸仿佛鬼魂般并排倒映在面前的挡风玻璃上。

他减速,倒退,又一次转变方向,开上一条未铺砌、满是灰尘的小巷,并不比林间小径好到哪儿去。他们随着崎岖的路面来回颠簸,干树叶受到排气管吹动发出咝咝声,车轮压在一半露在外面的根茎上,挡泥板刮擦着树干,车速慢下来。车头灯掠过洞穴般茂密的树丛,把附近的植物照耀得如同令人眼花缭乱的石笋,而更深处的则像被黑暗笼罩。这块地方宛如儿童故事里被施以魔法的邪恶空地——一片具有超自然含义的林地。糟糕的事情即将发生。

她用窒息的声音说:"不,你在做什么?"她吓得把自己抱得更紧,倒吸一口冷气,"我不喜欢你开车的方式,为什么这样做?"

他们猛地停下来,痛苦的旅行告终。刹车声是在动作完成后才传到她的意识中,他熄了火,无论车内外,都是一片死寂。他们纹丝不动,全部——车,他和她,还有她的恐惧。

不是全部,有一个东西在动,放在方向盘上的三根手指,不断晃动着,交替地抬起来再放下,好像反复、连续敲击钢琴键盘。

她感到害怕却又无能为力,便转身开始捶他。"怎么回事?说话!跟我说话!不要那样傻坐着!我们为什么停在这里?你在想什么,为什么是那样的眼神?"

"出去!"他凶狠地发号施令。

"不,你要做什么?不!"她盯着他,惊恐万状。

他伸手把另一侧门锁打开。"我说出去。"

"不要!你要做什么事情,从你脸上看得出——"

他用僵硬的手臂猛推她,几分钟之后两人都站在车旁,脚趾陷在黄褐色粗糙的树叶里,他用力关上车门。树下湿气逼人,四周一片漆黑,只有一处亮着:前方被车头灯照亮的幽灵般的隧道。

"过来。"他平静地说,开始往隧道里走,抓着她的手肘,确保她跟上来。树叶被踩碎时发出吱嘎声,在非同寻常的死寂中尤为显著。挡泥板在身后掉落,他们现在已离开,向前移动。她莫名其妙地侧过身,瞪着他毫无反应的面颊,可以听见自己的呼吸,在树木组成的华盖下回荡,他的呼吸声更轻。

他们就如此演着这出安静的、莫名其妙的哑剧,直到车头灯发出的光线越来越暗，几乎消失不见。在这光明和黑暗的分界线上，他停住脚步松开手。她的身体颤抖着软下来，他扶住她，让她站直，又一次松手。

他掏出香烟，递给她一支，她想拒绝。"拿着，"他暴躁地命令，把烟塞到她嘴里，"最好抽一根！"他用手护住火柴的火焰，给她点燃。这种礼节性的行为不仅没有给她以安慰，反而加倍了恐惧感。她吸了一口，嘴唇没有力气，不受控制，烟掉落下来。因为树叶的缘故，他提防地伸脚过去捻灭。

"好了，"他说，"现在回到车上吧，从这里开始沿着光往前走，回车里等我。不要到处看，就一直向前走。"

看上去她没听懂，或者因为太害怕没法自己移动。他从后面轻轻推了一下让她出发，她在树叶上面踉跄了几步。

"向前走，按照我说的沿着灯光一直走下去，"他的声音从身后传来，"不要往后看！"

她是个女人，而且受了惊吓，此番警告不仅没有成为定心丸，反而起到反作用。她情不自禁地回头看。

他手里有把手枪，虽然还没有完全举起来，但已经一半就位了，子弹会在她移动的时候悄悄从后面射出。

她的尖叫声嘶力竭、撕心裂肺，像鸟在坠落死亡前，最后一次拍打翅膀盘旋上树时发出的叫声。她向他跑去，仿佛危险是在远离他的时候存在的，靠近可以免死。

"不要动！"他冷酷地下令，"我尽量让你不要太痛苦，我提醒过你不要回头。"

"不要！为什么？"她痛哭起来，"我答应告诉你所有的一切！我说过会的！我会的，我会——！"

"不，"他冷静得吓人，反驳道，"你不会，我会保证你不说。还有半个小时，等他在另一个世界找到你，再亲自告诉他吧。"隆巴德伸出手臂，准备射击。

模糊的车头灯光，映照出她完美的侧影。她走投无路，甚至没有时间逃到安全的黑暗中，因为光束太宽了。她在原地昏沉的圆圈里挣扎，他的脸一次又一次重新出现在眼前。

就这样过了一些时候。

枪声在树林间骤然响起，尖叫声随后传出。

两人离得很近，他一定失手了，但手枪上没有冒烟，很反常，她却没有时间思考。她什么也感觉不到，依然站在原处，茫然不知所措，忘记了逃跑之类的，只是不停摇晃，好像电风扇上绑的丝带。倒是他踉跄到隔壁树干旁，停顿片刻，脸贴在树皮上，仿佛在懊悔自己做的事情。这时她看见他用手捂着肩膀，那支手枪被扔掉了，躺在树叶上闪着光，在灯的照射下如同一块煤炭。

一个男人的身影从后面迅速移近，经过她，沿着光线走向隆巴德。他手里也握着枪，瞄准树后那个摇摇欲坠的轮廓，弯下腰，树叶上那块闪光的"煤炭"消失了。他靠过去，腕部一束光反射过来，然后是细枝压断的声音。隆巴德一瘸一拐地从树后走出来，先倚在他身上，再直起身。

沉寂中第二个男人的声音响起。

"我以谋杀玛塞拉·亨德森的罪名逮捕你！"

他把一个东西放在嘴唇上，吹响一个沉闷悠长的哨声，之后寂静继续笼罩在三人头上。

伯吉斯贴心地俯身扶她起来，她已经瘫倒，双膝跪在树叶上，手紧紧捂住脸，啜泣着。

"我知道，"他安慰地说，"我知道很苦，但现在结束了，一切都结束了，你完成了自己的任务，你救了他。靠在我身上，就这样，好好哭一场，哭出来就好了。"

像女人一贯的样子，她立刻停下来。"我不想哭，没事了现在，只是——我以为你们不会及时赶到——"

"以他开车的方式，如果只跟踪你们，肯定赶不到。"另一辆车这才刚在小巷里踩了刹车，里面的警探现在还没赶到现场。"我不能冒险，所以一路上都跟你一起待在车里，你不知道吗？就在后备厢里，听见了你们的全部对话，你第一次走进店铺时我就在里面了。"

第二队人马到了，他朝着树林里手电筒摇曳的方向大喊："是格雷戈里？还有其他人吗？回去吧——不要来这里浪费时间了，立刻到高速公路找到最近的电话,呼叫地方检察官办公室。我们只有几分钟,我会上另一辆车,告诉他们我逮捕了一个叫约翰·隆巴德的家伙,对谋杀亨德森夫人的罪行供认不讳,跟狱长通个信——"

"你一点证据也没有。"隆巴德咆哮起来,痛得龇牙咧嘴。

"没有?你自己给的证据还不够吗?你想要残忍杀害一个一小时前才认识的姑娘!为什么杀她?唯一理由就是她的证词可以为亨德森洗白。而你为什么要阻止亨德森脱罪?因为案子会重新审理,你自己的清白就会受到威胁。这就是我的证据!"

一位州警察跑过来:"需要帮忙吗?"

"把女孩扶到车上,她经历了一些可怕的事情,需要照顾,我来对付这个家伙。"

高大健壮的警察把女孩全身抱在怀里,"她是谁?"他沿车头灯光向前走着,转头问道。

"一个非常宝贵的人,"伯吉斯答道,手里拽着犯人,"走轻一点,警官,慢慢走。你怀里的那位,是亨德森的女孩,卡萝尔·里奇曼,我们中最棒的人。"

处决后第一天

他们聚集在伯吉斯位于杰克逊高地小公寓的客厅里,这是释放后两人第一次碰面。是警探安排的,让女孩在那里等候,亨德森坐火车前来。他这样说:"谁愿意在监狱门口见面呢?你们两个遭受的已经够多了,到我家来等他,虽然只有分期付款买的家具,但至少比监狱的好。"

在一种深沉——尽管有些恍惚——的宁静下,灯座发出柔和的光线,两人坐在沙发上,靠得很近,亨德森一只手臂环住她,她头靠在他肩膀上。

伯吉斯进来看见这一幕,喉咙里有种窒息的感觉。"怎么样,你们两个?"他的声音有点生硬,试图掩盖不适。

"哎呀,一切都很美好,对不对?"亨德森感叹道,"我几乎都忘记美好的事情了,地板上的地毯,灯罩里柔和的灯光,背后的沙发靠垫。看,最美好的东西在这儿——"他用下巴轻推她的头顶,"都是我的,都回到我身边了,能再活四十年真好!"

伯吉斯和女孩交换了眼神,表达一种无声的同情。

"我刚从地方检察官办公室过来,"伯吉斯说,"他终于全招了,文件已盖章签字移交。"

"我还是接受不了,"亨德森摇着头说,"不敢相信,动机是什么?他爱上玛塞拉了吗?据我所知,玛塞拉一辈子见过他不超过两次。"

"据你所知。"伯吉斯冷淡地说。

"你意思是他俩有事?"

"你没发现她常常外出吗?"

"发现了,但没多想,她和我已经对彼此没有热情了。"

"嗯,就是这么回事。"他在房间里转了一两圈,"亨德森,这件事我有必要跟你讲清楚,迟至今日也值得一提。严格来说,这场婚外恋是单方面的,你妻子没有爱上隆巴德,如果爱的话,现在也不至于丢掉性命。她除了自己谁都不爱,但喜欢被人爱慕和讨好,是那种热衷搞暧昧和吊人胃口的类型,从来不当真。假如有十个男人和她玩这场游戏,九个是无害的,第十个就危险了。对她来说，男人只是陪同外出的工具，还能顺便拿来报复你，表现她并不需要你。不走运的是，隆巴德就是这第十个人，不适合玩此游戏。他大部分时间都在偏远沉闷的油田里工作，没有很多对付女人的经验，没有任何幽默感。他当真了，当然玛塞拉也更喜欢这样，让游戏更真实有趣。

"毫无疑问，她对隆巴德很苛刻，即使早知道结局，也把他钓到最后，让他围绕自己安排整个未来，但心里再清楚不过，分手是早晚的事。隆巴德为了这个女人和南美石油公司签了五年合同，还在那里挑了一间小房子并且买好家具，以为到了那儿她就会和你离婚，然后嫁给他。毕竟这个年纪的男人，不再是小孩子了，他太当真，她却只是玩玩。

"可是玛塞拉没有通过逐渐疏远，给他一个忘记、恢复的机会，而是选了最糟糕的方式。她不想早早放弃到口的蛋糕；他的电话问候、他们温情的午餐晚餐约会、出租车里他的亲吻……她内心深处需要这些东西，并习惯了，有时还会想念。所以一拖再拖，直到原计划他们要一起远航南美那晚，直到他到公寓接她——你刚一离开——去码头。

"她赔上性命我不吃惊，没有反而才奇怪呢。他说，到公寓时你还没走，为了躲避，他便等在上面那层楼梯，直到你夺门而出。刚好当晚没有门卫值班，以前那个当兵去了，他们没有安排人接替，因此没人看见他进来，也如我们所知，同样没人看见他离开。

"总之玛塞拉请他进屋，又回到梳妆镜前。当他问起是否打包准备好时，她笑起来，貌似她一整天都在笑话别人。她问隆巴德是不是当真以为自己会断了后路隐居到南美，任凭他摆布，结不结婚随他所愿？最重要的是，放任你自由去找别人？她正喜欢当时的状况，不会为了一场赌博放弃确定的事情。

"但是不管其他因素，还是这番嘲笑激怒了他。如果她哭着告诉他这些，或者保持严肃，隆巴德说都不会发生这场悲剧，他应该只是离开，喝个烂醉如泥，她还会活着。我也这么认为。"

"所以他杀了她。"亨德森平静地说。

"所以他杀了她，你扔掉的领带还躺在原地，在她身后的地板上，他应该是某一时刻不经意地捡起来，没有意识地握在手里，最后忍耐力垮了。"他象征性地打了个响指。

"我一点也不怪他。"卡萝尔望着地板，低声说。

"我也是，"伯吉斯承认，"但接下来他做的事情就没有借口了，故意嫁祸给自己认识一辈子的朋友，还费尽心思确保陷害成功。"

"我对他做什么了？"亨德森问，口气里却没有怨恨。

"应该是这样，到底是什么让玛塞拉残忍抛弃他的，隆巴德当时不懂，现在依然不懂，以后也难。他看不出她本来就是这种人，做的事情也是个性使然，而是误以为她对你重燃旧火，因此怪罪于你，让你为他的失恋负责。他恨你，想要报复你。最好的解释就是，这是种扭曲的嫉妒，因为心爱的人死去而变得疯狂。"

"唷。"亨德森轻轻地说。

"他从公寓出来，没被发现，特意去找你，试图追上你。他从楼梯无意听见的争吵，是绝好的嫁祸于你的契机，不容错过。他说本来打算偶然碰见你，假装是巧合，然后和你逗留足够长时间，让你亲口承认犯罪，至少把自己牵连进去。他会说：'嘿，我以为你老婆会跟你在一起。'之后自然而然你会回答：'我走之前和她大吵一架。'吵架这件事必须引出来，正是他想要的，但他自己不能提，否则就暴露在楼梯口偷听这件事了。必须是你主动告诉他的，以第一人称，能明白吗？

"你们在一起的时候，他会保证你喝醉——如果你自己不喝，他就劝你喝，随后陪你回家，所以发现尸体时他在场；而装作不情愿地复述给警察你离家前大吵一架的事情，会使你变成他的缓冲剂。陪同丈夫回到谋杀妻子现场这个想法，很有一套，自然而然就成为别人犯罪中无辜旁观者的角色，万无一失地洗清嫌疑。

"他无所顾忌地坦白这些想法——看起来没有一丝后悔。"

"很好。"卡萝尔阴沉地说。

"他以为你会独自一人，并且知道你说要去的两个地方，那天下午你提到要带太太去白楼用晚餐，之后去卡西诺，其间按计划他会让你碰见。但他不知道那间酒吧，因为你是一时兴起去的。

"他就直接前往白楼，在大厅暗中等候，后来你刚到的时候，他看见你和别人在一起。状况发生变化，他不仅没法上前偶遇你，从你口中套话，这未知的第三个人甚至还可能给你提供不在场证明，这取决于你离开自己家门后多久碰到她。换句话说，那个时候，他立刻就意识到她是整个事件的关键，无论是从他的角度还是你的。随后就依此行事。

"他走了，来到大街上一个既能监视出口，也能保证自己不被发现的地方，不停徘徊着。他清楚你下一站是卡西诺大剧院，但当然不能肯定，没法想当然先过去。

"你们两个出来打了出租，他也紧随其后，跟着你进了剧院。接着听，这里很有意思，他买了站位票，就是只有时间看一幕的人常买的那种票，站在正厅后面，有根柱子挡着，整场演出都能看见你们的后脑勺。

"他看着你离开，差点在人群里跟丢，但幸运地又找到了。他错过了盲人乞丐的小插曲，毕竟不敢靠得那么近。你的出租车堵了很久才开出去，他在另一辆车上能一直窥视到。

"他跟着你去了安塞尔莫，但不知道这个酒吧是那晚的中心。他又在外面闲逛，因为酒吧里面太危险，不能避免被发现。他看着你离开那位女士，大概也能猜个八九不离十了，你履行了在公寓大吼出来的警告：会邀请遇见的第一个陌生人代替妻子约会。

"他必须快速决定是否继续跟踪，这样就要冒着放弃她的危险；或者他可以将注意力转移到她身上，看看她能给你带来什么好处，以及给自己带来多少危险。

"他没有犹豫太久,好运又一次降临,直觉让他作了正确的选择。从任何讲得通的层面,他去和你碰面都太晚了,现在再去暗示你有罪,就会牵连自己。他的轮船此刻就要起航,他应该在船上。

"所以他让你走了,选择从她身上做文章,做梦也没想到这样有多明智。他在外面密切观察,知道她不可能一晚上都待在酒吧,肯定要回到某个地方。

"然后她出来,他退后几步藏起来,给她足够的活动空间。他很狡猾,没有立刻上前搭讪,否则自己会暴露,到时候她为你提供免罪证词,如果他曾经上去询问或者表现出兴趣,就会遭到连累。因此他聪明地下决定:首先了解她的身份和住所,这样就能在必要时找到她。做完这些之后,先给她短暂的清静,再去了解她能提供给你多少保护,这需要折回你的原路,搜出你们最初见面的地方,最重要的是你离开公寓后多久与她见的面。倘若她能提供有分量的证据,就想办法消除,去第一次追踪到的住处找她,看看能不能让她闭嘴。假如不能,他承认内心深处已经安排好彻底抹除证据的邪恶办法了,再杀一个人。

"于是他开始跟踪。不知什么原因,她竟然深夜步行,但这样他更容易跟上。起初他以为她住在附近,离酒吧不远处,但走着走着,发现并不近。这时他怀疑她是不是意识到有人跟在后面,故意绕道迷惑企图甩掉,但后来察觉到并非如此。她完全没有任何警惕或防备,只是漫无目的地闲逛,好像在打发时间,随时随地停下来端详熄了灯的商店展示柜,或者抚摸流浪猫,很明显是到处乱走,没有目的地。如果她想要摆脱他,只须跳上一辆出租车,或者到警察跟前讲一两句话,路上有几个警察出现过,但她没有。最终隆巴德得出结论,她奇怪的行踪只能说明她没有去处,就是随意乱逛而已。她衣着隆重,看起来不像无家可归的人,他彻底摸不着头脑了。

"她走上列克星敦来到五十七街,又转向西走到五街,再向北漫步两个街区,在谢尔曼将军雕塑广场外面凳子上坐了一阵子,仿佛那时只有下午三点。但公园内外每三辆车经过就有一辆减速纳闷地看她,她不得不离开,再次向东沿着五十九街前进,一心一意欣赏着艺术商店橱窗里的内容,隆巴德在后面跟得渐渐失去耐心。

"他几乎以为她打算穿过皇后区大桥步行去长岛,这时她却突然转向,进入五十九街尽头一家破旧的小旅馆。他看见她在登记入住,说明这也和她瞎胡逛一样,都是没有计划的。

"她一消失不见,隆巴德就也去开了间房,这是获取她名字和房间号的最快捷方式。姓名就在他自己的上方,叫'弗朗西丝·米勒',房间是214。他通过机灵的排除法,把前面看的两三间房挑些毛病出来,最后锁定隔壁房间216。这个地方破败得厉害,不比出租宿舍强,所以吹毛求疵也情有可原了。

"过了一会儿他也上去,从房间外面的走廊观察她的门,确保她晚上就睡在这里,而且会待到自己回来之后。这间房太好监视了,光线从门上不透明的气窗中透出来,旅馆设备老旧,听清她的一举一动丝毫不困难,几乎猜得到她正在做的事情。她挂外套时,他可以听见铁丝衣架在空荡荡的衣柜里撞击的声音,当然她没有任何行李。他能听到她边哼歌边四处移动,甚至时不时猜得出她哼的是什么曲子,《奇卡奇卡轰隆隆》,出自你带她看的那场剧。他还听得见她洗漱时的水流声。最后气窗里的光灭了,她爬上的破床弹簧吱呀作响。隆巴德口供里这段描述极其冗长。

"他穿过自己没有开灯的房间,倚在窗户上,下面是一口糟心的暗井。从这个方向端详她的客房,窗帘降到窗台上不到一英尺处,但床的位置是他只要跨坐在自己窗台上,伸头出去就能看到的。黑暗中床一侧是她捏着的香烟亮光。两人的窗户中间有一条排水管,将它固定在墙上的条状物可以踩,这样就能跨到她的房间。他记下来,以备回来时用得到。

"一切都搞定后,隆巴德从旅馆出来,快凌晨两点了。

"他快速打车到安塞尔莫,酒吧也快关门了。要取得酒保信任、探询他知道的信息很容易。只要在适当时候随便提起来,例如:'刚才一个人坐在那头,看起来很孤单的女子是谁呀?'或者类似的问题,只是开个头。

"酒吧服务生都很健谈,接下来就听他按部就班地讲:'她之前来过一次,大概六点左右,和一个人出去了,他又送她回来,

然后离开。'

"他在感兴趣的地方插一两个问题，得知你一进来立刻就去搭讪了，没有延误多少时间，也就是六点刚过几分钟。换句话说，他最怕的事情发生了，她不仅是你潜在的保护伞，而且绝对可以拯救你，所以需要摆平，事不宜迟。"伯吉斯暂停自己的陈述，问道，"我这么详细地讲述，你会不会感到无聊？"

"这关系到我的生命。"亨德森淡淡地说。

"他不允许任何疏漏，在酒吧剩下几个顾客的眼皮底下，迅速完成第一笔交易。传说中酒保是最容易收受贿赂的人，他就像一个刚好熟透、即将掉入隆巴德手心的苹果。几句警告的话后，把钱藏在手心里通过吧台递过去，交易就完成了。'让你忘记那个女人在这里遇见那个男人，需要多少钱？你不需要忘记男人在这里，只需要忘记女人就可以。'酒保说要适当足够的数额。'就算警察出现也一样吗？'酒保开始犹豫了，隆巴德决心给他想要的五十倍封口费，因此给了一千美元现金。他随身携带相当一大笔钱备用，是原计划去南美安顿两人的钱。当然他轻松搞定了酒保。除此之外，隆巴德还暗中威胁，拿生命安全说事，很明显相当管用，酒保能感觉到此番威胁是认真的，绝不是开玩笑。

"从那以后酒保就相当稳妥了，事后他耳闻了案件细节，我们也没能从他口中得知任何信息。并不全因为那一千美元，而是他被吓得够呛，其他人也是，你也知道这件事对克利夫·米尔本的影响有多严重。隆巴德身上有种凶神恶煞的气质，毫无幽默感。他一辈子和自然打交道，不通人情。

"处理完酒保后，他从那里出发，重新去你几小时前去过的地方，时至今日没必要跟你赘述所有细节了。饭店和剧院此时已关门，但他设法掌握到这几个人的住处，并且找到他们。他甚至还快马加鞭赶到森林山，把其中一个人从床上叫起来。到凌晨四点，所有工作都完成，他联系了另外三个需要封口的关键人物：出租车司机阿尔普、白楼餐厅领班、卡西诺剧院售票员，支付他们不同的酬劳。出租车司机只需要否认见过她；服务领班分了一部分钱给餐桌服务生，毕竟领班属于上司，餐厅生不敢违抗；售票员收了一大笔贿赂，自然和隆巴德同伙，隆巴德也是从他口中得知其中一位演奏家吹牛说自己博得了这位女士多大的好感——他亲眼所见——还建议隆巴德最好也摆平这位音乐家。隆巴德在杀人后第二天晚上才找到他，但走运的是我们完全忽视了这个人，所以此番延迟没造成任何后果。

"因此破晓前一小时，他完成了所有任务，尽了最大可能让她从人们视线中消失。剩下最后一个需要搞定的就是她本人了，他回到旅馆继续消灭证据。隆巴德承认，已下定决心不会拿钱封她口，而打算用更持久的方式——让她死。这样就算其他人食言，也没有证据可寻了。

"他返回女人隔壁那间客房，在黑暗中稍坐片刻思考对策，意识到杀这个女人被怀疑的概率比杀你妻子要大。但他只是一个用了化名登记的未知男人,并未用真名约翰·隆巴德,他会乘船出国,再也不会出现在附近,日后他被认出的概率又有多大呢?只会有人怀疑'他'杀了这个女人,但不会有人知道'他'是谁,懂我的意思吗?

"他出去在她门口偷听,屋里很安静,她在沉睡。他小心地尝试开门,但如他所料,门上了锁进不去,只能通过两扇窗户之间排水管固定带了,这个主意一直在他脑海中盘旋。

"窗帘依然垂在窗台上不到一英尺处,和之前看到的一样。他蹑手蹑脚,灵敏地爬出窗户,脚踩排水管固定梁,轻而易举就跨到她的窗台上,从窗帘下爬进室内。他没有带任何东西,打算直接用手和被子解决。

"黑暗中,他缓缓移动到床边,抬起手臂紧紧抓住破旧的被单以防她大叫。被单滑下来,里面是空的,她不在,已经走了。她随意来到这个地方,在床上躺了一会儿,又在黎明前离开。两个烟蒂、梳妆台上一点散落的粉和凌乱的被单是她留下的全部。

"他从震惊中缓过来后,下楼多少有些直接地问起来,他们说这个女人在他回来前不久离开,交上钥匙,镇定地回到了街上。他们不知道她走了哪条路、去了哪里、为什么离开,只晓得她走了——和来时一样不寻常。

"自己的伎俩把自己耍了,他浪费一整晚,花了无数钱想要其消失的女人，以前对你亨德森来说是个神秘的幻影——现在对他来说也一样，完全打乱了计划，留下太多不确定的隐患，如同定时炸弹，也许在某一刻会突然爆炸。

"在去乘飞机赶轮船之前，他用最后剩下的几小时苦苦寻找那个女人，心里清楚希望很渺茫，你我都知道，短时间内在纽约城搜寻一个人有多难。

"他像个疯子一样拼了命地到处找她，却怎么也找不到。白天过去了，第二个晚上也过去了，时间耗尽，他不能再留下来，手头上还有工作，他必须启程。从那以后一把斧头架在他脖子上，随时有掉下来的危险。

"他在杀人后第二天离开纽约，坐飞机从迈阿密横跨到哈瓦那，及时赶上行驶了三天、在那里靠岸的船，给船上官员的借口是起航当晚喝醉误了时间。

"这就是为什么他对那封我以你名义写的电报那么上心的原因。他一直处于担惊受怕当中，需要一个放弃一切回国的理由，电报正中其下怀。据说杀人犯喜欢回到犯罪现场，这封信就像磁铁一样把他拉回来，你的求救正是他要的借口，可以明目张胆地回来帮你'寻找'她，终结先前未能完成的死亡搜寻，确保如果她被找到，一定是死掉的状态。"

"你那天来牢房以我名字写电报的时候，已经怀疑他了，这份怀疑是什么时候开始的？"

"我没法告诉你确切的时间,这是个逐渐的过程,从我觉得你无罪开始。从头至尾没有任何确切证据指向他,我得通过拐弯抹角的方式去调查。他在公寓里没有留下指纹,一定是把碰过的地方擦干净了,我记得我们在门把手上什么痕迹也没找到。

"一开始,你只是在审讯中提到过他,一个老朋友,邀请你参加告别宴,你因为她的原因,很抱歉地拒绝了。我例行对他进行询问,只是为了填一些有关你背景的资料,得知他启程了,如你所提,但无意中从轮船一方了解到,他错过了起航日期,三天后从哈瓦那上的船。还有一件事,他原订了两张票,计划给他和他妻子,但乘船的时候却只有一人,剩下的旅程也都是孤身一人。我后来进一步调查,没有记录显示他已婚或在这里有位妻子。

"到此为止,还没有明显的疑点,要知道,确实有人会误船,尤其当他们出发前喝得太多时,也确实有准新娘临时改变主意退出,或婚期经双方同意延迟。

"因此我没深究,但也稍作留意,他误船之后一人上船,这样的小细节从那之后记在我的脑海中。他有点不走运地引起了我的注意,只是一般情况下,类似的留意不会有用。后来,我渐渐认为你是无辜的,开始有一块空白留出来,这块空白需要有东西填满,或者会自行填满。有关他的事实慢慢浮现出来,在我还没意识到的时候,空白又一次被灌满了。"

"你还瞒着我。"亨德森直率地说。

"我没办法,在最近之前还都不确定,其实直到他载着里奇曼小姐来到树林时才证据确凿。提前让你知道太冒险了,很有可能你不相信,会出于对朋友的忠诚告诫他,或者就算相信了,认同我的观点,你会变成一个蹩脚的演员,他也许会从你的态度里觉察出什么,我们就难办了,毕竟你处于一种极其紧张的状态。我认为最安全的办法就是通过你,以你作为不知情的媒介,不让你意识到这些事情的目的。这并不容易,比如剧院节目册的戏码——"

"我觉得你疯了——如果换做我也会疯——你一遍一遍又一遍让我复述,每一个动作,每一句话,慢慢把节目册的事情引出来。你知道我以为这是在干什么吗?为了让我从临近的死刑上转移注意力,所以我照做了,按你说的做,但没有认真。"

"你没有认真,我却担心得要命。"伯吉斯苦笑起来。

"据你的调查,那些一直困扰你的古怪事件与他有关吗?"

"每一个都有关系。奇怪的是,克利夫·米尔本这起最像谋杀的事件,最后调查下来是真正的自杀;当然酒吧服务生是意外死亡;但看起来像极了意外的两个最终却是谋杀,他犯下的谋杀,我是说瞎子乞丐和皮尔丽特·道格拉斯的死亡案件,在通常意义上,都属于没有武器的杀人,瞎子乞丐死得非常恐怖悲惨。

"他离开乞丐房间一会儿,假装去外面打电话给我,知道这家伙因为诈骗行乞非常反感警察,肯定会抓紧时间逃跑。隆巴德看准了他会这么做,来到门一侧,系上一根结实的黑线,裁缝用的那种，拉过第一层台阶绑在扶手腿上，另一端用凸出的钉子固定，大概有脚踝那么高。他知道乞丐能看见，就关上灯，制造脚步渐渐远去的节奏声。这个老滑头，就蹲在下一层楼梯处，刚好在台阶下面看不见踪影。

"乞丐跑出来，想在隆巴德带着警察朋友赶来之前逃掉，肯定不会留意脚下，这正合他意。黑线绊倒乞丐，让他滚下整层台阶，头撞在狭窄的墙壁上，线当然断了，但没能拯救他。一开始摔倒他还没死，只是头骨撞裂动弹不得，所以隆巴德立刻回到楼梯平台，越过他，走到台阶上端毁灭证据，拿掉松动的黑线两端。

"然后走回失去意识的乞丐身旁，摸到他还有呼吸，脑袋顶着墙壁，不自然地向后弯曲，脖子被扭伤，像一个吊桥，肩膀在地面摊平，头半直立在墙上。隆巴德对准脖子的位置，直起身，抬腿用厚重的鞋子踩上去，就——"

卡萝尔突然把头扭到一边。

"对不起。"伯吉斯咕哝道。

她回过头，说："这是故事的一部分，我们应该知道。"

"直到这时他才出来打电话给我，回来后一直待在临街门口，利用等我的时间不停地和巡逻警察聊天，给人一种他自始至终在楼下的印象。"

"你立刻就明白了吗？"亨德森问。

"让他回家以后，当晚晚些时候我去停尸间检查尸体，发现两条小腿上都有线勒的红印,脖子后面也有些脏脏的痕迹,结合两点就明白过来是怎么回事了,但证据可能被销毁,很难证明是他做的。我更希望掌握他的大把柄,乞丐事件必然不是抓他的最佳时机,操之过急只会又放走他。最好一旦逮住他,就证据确凿让他无法抵赖,因此我闭上嘴,继续放长线。"

"你说他跟那位瘾君子的死亡无关?"

"尽管刀片型号不一致,疑点都是表象,克利夫·米尔本在毒品诱发的抑郁和恐惧中割破了自己喉咙。安全剃刀一定是被前任租客或者借用洗手间剃须的朋友丢弃在抽屉衬纸下的,行为主义者会这样,即使自杀,他也本能地避免使用自己的东西来做不该做的事情。这种心理很正常,和妻子拿剃刀削铅笔我们会生气,是一样的道理。"

卡萝尔轻声说:"那晚之后我再也不愿意靠近任何刀片。"

"但是道格拉斯太太是他杀的?"亨德森饶有兴致地问。

"这比乞丐那起更精明。她家抛光的地面上有一张长条地毯,从门廊台阶直接铺到法式窗户下。能想到这个主意,是因为之前他自己在这个相当危险的地板上滑了一跤,她还取笑他呢。接下来他边聊天,边用眼睛丈量,直线型的地毯简直在召唤犯罪。他标记了一个无形的 X,她必须站在此处才能在失去平衡时,身体一大半掉到窗外,再把确切位置用心记在脑海中。这没有听起来那么简单,尤其当你还要跟别人聊天,没法集中注意力时。

"这些都不是我的假想,是他白纸黑色直接写下来的。从那刻起,两人就展开一场死亡小步舞,他微妙地把她哄骗到了特定的位置。他先写好支票站起来走到窗户旁,假装晾干墨水,随后移到精心设计的送命点旁边,站在地毯外面,让她过来拿支票。支票递过去,但他双脚没动,她不得不走上前,跟斗牛的原理一样,公牛跟随着红披风离开斗牛士。她跟着支票走到他一侧,刚好掉入设定的陷阱,他松开手指,给她支票。

"她站在原地忙着检查票款,他迅速走过房间,好像打算马上离开,来到台阶下的地毯末沿,看着她喊道:'再见!'她抬头转向他——与此同时背对着窗户,现在就是最佳时机。如果她是向前或旁边掉出去,都可能抓住窗框不会送命,但向后绝无可能,人类的手臂在那个位置抓不到任何东西。

"他弯腰把地毯拉过头顶,再放下,只需如此。她如同一阵风一样消失了,连尖叫的时间都没有,他自己承认。她根本来不及反应,飞掉的鞋子弹回地面之前,她已经掉下去了。"

卡萝尔皱起眉头,说:"这比拿着刀或枪杀人要糟糕,里面有太多欺骗!"

"对,但证明给陪审团更难,他一根汗毛都没有动她,从二十多英尺之外杀人。当然线索在地毯上,我到达后立刻发现了,皱褶在他那一头,道格拉斯站的地方很顺滑,沿着地板越来越不平整。如果真的打滑或失足,应该是反过来的,她的脚会把地毯踢出褶子,而他那一边应该整洁如初,窗户附近的挣扎不会传播这么远。

"屋里还有一根燃烧的烟头,看上去是道格拉斯抽的,为了制造一种虽然他十五分钟前给我打电话,但失足发生在我们到达前不久的假象,自从我们在消防署见面之后,八到十分钟之内他一直和我在一起。

"我一刻也没上当,但他做这件事的整个逻辑花了我整整三天时间才想明白。烟灰缸在中间有个洞,烟灰应该从其中落入,穿过长长的瓶颈掉进空心的底座,这个底座本来就有盛烟灰的空间,但他堵住了,所以烟灰缸保持开口。他准备好三根正常尺寸的香烟,从前两根烟嘴部位取走一点烟草,把它们拼接成一支三倍长度的烟,但一端留着普通香烟的商标,以便调查。这时他点燃,把烟倾斜地架在烟缸上面,一头靠着敞开的瓶颈。像这样在开口上斜着燃烧的香烟,就算没有人吸,也不会灭,余火不停地从一根燃到另一根。前两根烟烧完了,灰烬掉入颈中,不留任何痕迹,第三根完全靠在烟灰缸翘起的四周,燃烧到最后,变成他所期望的样子,我们到达时发现的一支完美的烟蒂。

"但从另一方面,这个不在场证明也对他不利,如果没设计这出戏会更好,毕竟这限制了她给出假地址的距离。他必须在烟头烧完之前赶回来,因此不得不挑选了附近的地方,并且需要一眼得知被戏弄,这样我们就没理由停留调查或询问。所以隆巴德选了消防署,我们看了一眼就立刻回到她的住所了。

"换句话说,他把自己跟那根烟蒂制造的不在场证明捆绑起来,从其他角度来看削弱了故事的可信度。道格拉斯为什么要那样做?把他打发到一个几步远的地方,还明显是假地址?她要么给真地址,要么压根不给,要么——如果她打算骗支票——给他一个需要花大把时间才能找到的假地址和姓名,她才能稳妥地逃掉。他宁可制造不合理的剧情,也要证明自己没有杀人,毕竟有乞丐死亡事件在先,我猜他担心我们起疑心,急于洗脱嫌疑。

"除了这点漏洞,其他都堪称完美,让电梯服务员听到他对着空房间说话,甚至让门慢慢旋转关闭,感觉像道格拉斯在他走后关的门。

"我本该逮捕他的,"他最后说,"但这些依然不能说明他谋杀了你妻子,所以我继续装傻,接下来只需要让他做重复的事情——但这次我们不再被蒙在鼓里让他自行决定,而是挑选一个人,放诱饵给他。"

"卡萝尔去冒那样的风险,是你的主意吗?"亨德森质问道,"幸亏我提前不知情,如果知道,你肯定不能让我——"

"不是我的,是她的主意,我原计划雇一个别的女孩当诱饵,可她执意要上,处决当晚冲到我们的地方,从杂志铺看着他,直截了当告诉我她要进去对付他,不准拒绝!她说无论我同不同意都要去,见鬼,我无法阻止她。我们不可能让两人一前一后都进去,所以不得不让她去。我们从剧院请了一位化妆师,给她彻底变装一番，就进去了。"

"想象一下，"她叛逆地对整个屋子说，"我能坐着等一个两美元雇来的女孩，用浮夸的演技搞砸整件事吗？我们没有时间了，容不得再犯错了。"

"她从没出现过，对不对？"亨德森沉思道，"我是说真的那位，好奇怪，不管她是谁，在哪里，肯定把捉迷藏游戏玩到底了。"

"她没有要玩的意思，她根本没在躲，"伯吉斯说，"更奇怪吧。"

亨德森和女孩震惊地探身向前，询问道："你怎么知道？终于有她消息了吗？你搞清楚她是谁了？"

"是的，我有她消息了，"伯吉斯简单地说，"有一段时间了，几个月了吧——知道她曾经是谁。"

"曾经？"亨德森低声说，"她死了吗？"

"不是你以为的那样。她其实很好，身体还活着，但住进精神病院了。"

他慢慢伸手到口袋里，翻着一些信封和文件，亨德森两人目瞪口呆。

"我亲自去过不止一次，跟她讲话。从她的行为举止看不出问题，就是有些呆滞恍惚，但她记不住昨天的事情，对过去都很迷糊。她对我们没有帮助，一点也没有。她没办法指证，所以我没说，就按计划行事，我们只能找人代替她，让隆巴德自己认罪。"

"多久——？"

"她和你出去后三周内进了医院,之前一直间歇性发病,然后索性被送进医院。"

"你怎么——?"

"通过一些路子,现在也不重要了。那顶帽子在一家搭售店自己出现了,就是那种廉价旧货店,他们卖点东西赚些小钱。我们一个探员看到后,通过一环环追溯,就像隆巴德后来那样,反方向调查。一个老太婆从垃圾箱里捡来卖到旧货店,她给我们指了垃圾箱的大概位置,我们寻访附近所有住所,花了几周时间,最终找到扔掉帽子的侍女,她的女主人前不久刚被送到精神病院。我询问她丈夫以及家庭成员,除了她自己没人知道跟你的确切故事,但他们证实的确是她。她过去不定期就会变成那样,独自出去一整晚,住宿在旅馆,有次他们清晨发现她坐在公园凳子上。

"这个是他们给的。"

他递给亨德森一张照片,一个女人的照片。

亨德森端详许久,终于点头,更像是对自己,"对的,"他轻轻地说,"对——我想是的。"

卡萝尔突然夺过照片。"别再看她了,她已经让你这辈子够受的了,忘记她吧。拿着,收回你的照片。"

"还是有帮助的,"伯吉斯收起照片说,"那晚我们准备让卡萝尔冒充她时,化妆师能给她化得像一些,反正足以糊弄他了。他那天只从远处灯光昏暗的地方看过她。"

"她叫什么?"亨德森问。

卡萝尔立刻甩甩手。"不,不要告诉他,我不想她再出现,我们要开始新生活——不要幻影。"

"她是对的,"伯吉斯说,"都过去了,忘记吧。"

即便如此,一时间他们陷入沉默,三个人都在想她,也许下半辈子时不时还会想起。这种事情永远不会忘记。

他们准备离开,卡萝尔挽着亨德森的手臂,走到门口,亨德森转向伯吉斯,眉头紧皱,道:"但整件事情应该有些教训,告诉我们一些道理。你不会认为她和我经历这些——什么也没得到吧?肯定有什么意义在里面。"

伯吉斯拍拍他后背,推他一把,笑着说:"如果一定要有教训,那就是:不要带陌生人去剧院,除非你能记住他们的脸。"

图书在版编目（CIP）数据

幻影女郎／（美）康奈尔·伍里奇著；李晓琳译
．－－上海：上海文艺出版社，2019 (2021.3 重印)
（康奈尔·伍里奇黑色悬疑小说系列）
ISBN 978-7-5321-7285-6

Ⅰ．①幻… Ⅱ．①康… ②李… Ⅲ．①长篇小说－美国－现代 Ⅳ．① I712.45

中国版本图书馆CIP数据核字 (2019) 第 135562 号

幻影女郎

著　　者：[美]康奈尔·伍里奇
译　　者：李晓琳
责任编辑：胡　捷
装帧设计：周　睿
责任督印：张　凯

出　　版：上海文艺出版社
出　　品：上海故事会文化传媒有限公司
　　　　　(200020　上海市绍兴路74号　www.storychina.cn)
发　　行：上海文艺出版社发行中心
　　　　　(上海市绍兴路50号)
印　　刷：上海中华印刷有限公司
开　　本：889毫米×1194毫米　1/32　印张9.25
版　　次：2020年2月第1版　2021年3月第2次印刷
ＩＳＢＮ：978-7-5321-7285-6/I·5800
定　　价：35.00元

版权所有·不准翻印

上海故事会文化传媒有限公司 出品 (00916) www.storychina.cn

想看更多精彩故事？
扫码下载故事会APP

上海故事会文化传媒有限公司所有图书可办理邮购，免收邮费(挂号除外)
汇款地址：上海市绍兴路74号(200020)　收款人：上海故事会文化传媒有限公司出版发行部
联系电话：021-64338113
如发现本书有质量问题，请与印刷厂质量科联系 T:021-60829062